# ふちなしのかがみ

辻村深月

角川文庫
17453

# 目次

# 踊り場の花子

幽霊を見る人は、それを見るだけの理由を持つ。
目の前にあるのは、あなたを映す鏡である。
——これを裏切りと思うかどうかは、あなた次第だ。

## プロローグ

みんなが下校した後の校舎は、昼間の騒々しさがまるで嘘のように静まり返っていた。床に目を落とすと、茶色く濡《ぬ》れたような上履きの足跡がいくつかついている。その上にモップを掛ける途中で、ふと思い出した。この学校の「花子《はなこ》さん」は階段に出る。一年生の頃からみんながよく話している学校の七不思議だ。

上から順番に拭《ふ》いて下りてきた、三階から二階にかけての階段。踊り場で振り返ると、西向きの窓から差し込む夕焼けの光が目にしみて、何だか泣きそうになる。心の表面を、影のように暗い不安が襲う。モップを動かして足跡の汚れを消した。顔を上げ、両腕で自分の肩を抱く。

――お前、「花子さん」と友達になればいいじゃん。お化け同士で気が合いそうだし。

去年の夏休み、自由研究の宿題でさゆりは『若草南《わかくさみなみ》小学校の花子さん』の研究をした。まだたくさん友達がいた一年生の頃、放課後ずっと話していたあの話。

勉強は苦手だし、みんながやってきた理科や社会の研究とはちょっと違うから心配だったけど、先生が褒めてくれた。それが嬉《うれ》しかったことを、よく覚えている。

本やテレビで目にする「学校の花子さん」は、よくトイレに出るけど、うちの学校では、昔から階段に出る。学校の怖い話には、よく「七不思議」というのがあるが、うちの花子さんにも七つの「不思議」がある。

そういう怖い話のことを「都市伝説」と呼ぶのだということも、図書室でいろいろ本を読むうちに知った。

全国各地の学校に散らばる幽霊の「花子さん」。校舎何階の何番目のトイレに住んでいて、何をすると呼び出すことができて、何をしないと呪われる。修学旅行の最中に事故で死んでしまった子どもの霊だと言われている学校もあるし、トイレで首を吊《つ》った女の子だというところもある。

そして、うちの学校の花子さんは、昔、音楽室の窓から飛び降り自殺をした少女の霊だ。その時にできた傷が顔にある。六年生の子たちがまだ一年生だった頃から、ずっと伝わっている話。

みんな知ってることだけど、改めて特徴を書いていくのは楽しかった。だけど、発表している最中、後ろの席の女子たちがこそこそ話すのが聞こえた。

あんなの、わざわざ調べなくてもいいのにね。さゆりちゃんの研究、ズルじゃない？

ちらりと、あの子たちが自分を見た。それからクスクス笑う。

だけど、お化けがお化けの研究って、超笑える。お似合い。

学校の怖い話。

俯《うつむ》いてしまう。

あの子たちがみんな、自分のことを「お化け」と呼んでいることは知っている。一年生の頃あんなに仲が良かった子たちは、みんなさゆりから離れていってしまった。たいていの悪口にはもう馴《な》れた。話を聞いてくれる先生だっている。だけど。

顔を思い出すと、腕がじくじくと疼《うず》く。階段の掃除。しっかりやらなきゃ、だって……。腕に押し当てられた熱い痛み。あの場所が、まだ痛い気がする。

花子さんなんて、本当は何にも怖くない。学校で本当に怖いもの、それは――。

踊り場に置いたバケツの水にモップを沈める。じゃぶじゃぶと音を立て、毛先をゆすいで残りの階段掃除に戻ろうとした時だった。

——どうして掃除してるの。

背後から、いきなり声がした。反射的に声の方向を振り返る。そして——、驚いた。

いつ、やってきたのか。

たくさんの掲示物が貼られた壁の前に寄りかかるようにして、女の子が一人きり、ぽつんと立っていた。

あまり見かけない、見事なほどに切り揃えられたおかっぱ頭。真っ白いブラウスと赤いスカート。どこかで見たような恰好《かっこう》だ。すぐにテレビアニメのちびまる子ちゃんを思い出した。映画やドラマで「昔の子ども」という役柄を与えられた子が、その衣装と鬘《かつら》のまま、画面から抜け出てきたみたいだ。

目が、お祭りで売られてるお面の狐みたいに細い。

「どうして、掃除してるの」

その子がまた聞いた。瞬《まば》き一つせず、じっとさゆりの顔を見上げている。

「……だれ」

ようやく声が出た。さっき、振り返った時には確かにいなかった。下から登ってくる足音も聞いた覚えがない。

「何年生？」

尋ねながら、顔を確認する。上目遣いに見上げる目が細く歪《ゆが》んで半月形に笑って見える。

知らない顔だった。ここに通ってる子たちの顔が全部わかるわけではないけれど、少なくとも今まで見たことはない。

「いつからいたの？　全然、気付かなかった」

「ずっといる」

掃除をするさゆりの手元、彼女の目がモップの柄を見つめる。

「どうして、掃除してるの。みんな、もう帰ったのに。ここ、二組さんの掃除場所でしょ？」

背丈や体つきから考えて、四年生より上ということはなさそうだった。

二階から三階にかけてのこの階段は、確かにさゆりのクラス、三年二組の掃除場所だ。学年を言わずに二組さん、と呼ぶということは同じ三年生なのか——、考えて、あっと思い当たった。

隣のクラス、一組に、入学してからずっと不登校を続けている女子がいる。さゆりは一度も会ったことがないけど、保育園が一緒だった子たちが話してた。学校には来ないけど、たまに放課後、一緒に遊ぶって。

「——藪内《やぶうち》さん？」

おそるおそる尋ねる。

だとしたら、彼女はさゆりの憧《あこが》れだった。学校に来ないなんて、羨《うらや》ましくて、羨ましくて、たまらなかった。さゆりもそうなりたかった。女の子はどうだっていいというように首を傾げるだけだ。ねぇ、とまた続ける。

「どうして一人で掃除してるの」

「みんな、帰っちゃったから」

みんながやらないとしても、それでもきちんとやらないと怒られるのだ。考えると、足が竦《すく》んだようになる。緊張したようにまた、おなかが痛くなる。

「先生も、怒るし」

「ふうん」

女の子が細い目をさらに細めた。スカートの後ろで手を組み、さゆりの顔をじろじろと見つめ回す。すっと一歩、こっちに近付いた。

色が白い子だった。踊り場の隅で壁の陰になると、顔だけがぼうっと浮かび上がって見える。触れたら火傷《やけど》をしてしまう、アイス屋さんのドライアイスのような冷たさを感じて、それ以上は近付きたくなかった。真っ白い、すべすべの顔。

「だけど、毎日だよね」

びっくりして、「え」と呟《つぶや》く。黙ったまま顔を見ると、女の子が続けた。

「青井《あおい》さゆりちゃん、毎日、一生懸命お掃除してる」

「私の名前、知ってるの……？」

掃除のこと、なぜ、知っているのだろう。見ていたように。

「大変じゃない？」

細い目の間に、表情らしいものはほとんど浮かばない。

「一人だけで、上から下まできれいにするの」

「大変だけど、でも前に読んだ本の中に書いてあったの」

ゆっくりと階段を下りていく。前に立つと、女の子はさゆりとほとんど背丈が同じくらいだった。近くで見ると、ますます色の白さとそれと対照的な真っ黒い髪の色にたじろいでしまう。

「『一度に全部のことは考えない。次の一歩のこと、次の一呼吸のこと、次の一掃きのことだけ考える。そうすると、掃除が楽しくなってきて、楽しければ仕事がはかどって、いつの間にか、全部が終わってる』」

女の子が不思議なものを見るようにさゆりを見た。彼女が瞬きする時に下を向いた睫《まつげ》がとても長い。さゆりはゆっくり話した。

「『モモ』っていう本。主人公のモモの友達で、道路掃除をしてるベッポっていうおじいさんが言ってた。大変なことをする時は、次のことだけ考えて、終わるのを待つんだ」

「それ」

唇の先から出た言葉が空気の上を滑るのが見えるような、透明な声だった。葉っぱの上で丸くなった雨粒が弾《はじ》かれたような。そうか。この子の声はエレクトーンか何かで出したような、電子音と似ている。

「どんな話？」

「モモっていう名前の女の子が主人公で、時間を――」

説明しようとして、思い出した。

「読んでみたい？」

問いかけると、女の子は迷うように黙った後で、躊躇《ためら》うように、けれどこくりと頷《うなず》いた。目はさゆりを見つめたまま、顎《あご》の先だけが首に沈む。

「ちょっと待ってて」

さゆりは今日、その本を持ってきている。返そうと思って、いつも鞄《かばん》の中に入れっぱなしにしている。

「貸してあげる」

駆け出した時、彼女が首をまた傾け、額の前髪が揺れた。その下に、はっとするような赤紫色の傷を見たような気がしたけど、すぐにまた前髪がさらりとおでこを隠した。見てはいけないものを見たような気になって、そのまま彼女から目を逸《そ》らす。教室に急いだ。

本を返すのはいつでもいい、と言われていた。ただし、短くてもいいから感想を書いてね、と言われた。

二階の自分の教室に戻り、鞄から本を出す。中には感想を書いたお礼の手紙が挟まっている。抜き取ろうとしたけど、もしかしたら藪内さんもさゆりを真似して手紙を書いてくれるかもしれない。そしたら、先生はきっと喜ぶ。本を貸したことを、いいことをしたって、褒めてくれるかもしれない。

本を取って戻るまで、五分もかからなかったと思う。だけど、踊り場に行った時、そこにはもうさっきの子の姿はなかった。

「藪内さん？」

三階に続く階段を登り、左右の廊下を見回して呼ぶが返事はない。帰ってしまったのか。それとも、どこかに隠れているのか。

「藪内さん？　いるの？」

まだ校舎内のどこかにいるのなら、持っていくかもしれない。――友達になれるかもしれない、という気がしていた。

彼女が立っていた壁の隅に本を置く。主人公モモと、亀のカシオペイアの後ろ姿が描かれた黄色い表紙。明日《あした》の朝、早く来てまだこれが残されているようなら、持って帰ればいいし。

「藪内さん」

もう一度、さっきよりもいくらか声を張り上げる。

「またね！」

――花子さんの『七不思議』、その一。

この学校の花子さんは、階段にすんでいます。

踊り場に反響した自分の声にひきずられるようにして、自由研究のことを思い出した。

ふと、床に目を落とすと、さっきまではなかった、水気を含んだ茶色い足跡がついていた。小さな上履きの足。ちょっとだけ、おかしくなって笑った。

幽霊は、足があるのかな。

壁に立て掛けた本をちらりと眺めてから、その場に残ったモップを手に取る。

さっきまでの楽しかった気持ちがしぼんで、指先が微《かす》かに強張《こわば》り始める。掃除、また汚いって言われるかもしれない。怒られるかもしれない。

首を振り、次の一拭《ひとふ》きのことだけ考えて、青井さゆりはまた階段に戻る。

（二）

蟬の声が、午前中からひどく喧《やかま》しい夏の日だった。

相川英樹《あいかわひでき》が、一人、日直のために出勤し、職員室で仕事をしていると、後輩の小谷《こたに》チサ子から電話がかかってきた。

『もしもし。そちらで実習をお世話になった小谷ですが』

「チサちゃん？」

『あ、その声。相川さん？』

電話の向こうの声が、ほっとしたように急に砕ける。チサ子は、二ヵ月前の六月にこの若草南小学校で教育実習を終えたばかりの大学生だ。

「どうしたの？　何か用事？」

『よかった。今日、日直相川さんだったんだ。教頭先生だったらどうしようかと思いました』

強面《こわもて》の教頭を引き合いに出し、快活な声で笑う。

相川と彼女は十歳近く離れているが、同じ地元大学の演劇サークルで、先輩後輩の間柄だった。今でもOBとしてちょくちょく顔を出していたから、春の実習で彼女が自分のクラスに配属された時は本当に驚いた。教育実習生は、たいてい一クラスに一人ずつで、彼女と相川は一ヵ月間コンビを組んだ。

子どもや他の同僚教師の前では、さすがにかしこまって「相川先生」「小谷先生」と他人行儀な呼び名で通すが、二人だけで話すと途端に学生気分に戻る。

『お願いがあるんですよ。南小、今から行ってもいいですか？　実は私、実習終わる時に忘れ物をしちゃってて。すぐに取りに行きたかったんですけど、ずっとタイミング逃してたんです。今日、近くまで来てるんで、校舎、入れてもらえませんか？』

「いいよ。今、俺一人だから丁度よかった」

吸っていた煙草を空き缶のふちで消しながら言う。禁煙の職員室で、大っぴらに喫煙できるのは夏休みならではだな、と思う。

一ヵ月強の子どもの夏休みの間、教師は交互に日直が割り振られ、ほとんど毎日誰かが職員室に詰めている。通常は二人ずつで日直の仕事にあたるが、今日はたまたま、もう一人の担当教論が夏風邪を理由に欠勤している。大丈夫ですか、と弱りきった声で電話してきた同僚の高梨《たかなし》に、一人でも充分だと答えた。今日は図書室もプールも開放日ではないから仕事は少ないし、何しろ一人きりなら煙草を吸っても誰にも咎《とが》められないのがありがたい。

『恩に着ます。先輩、何か食べたいものありますか？　差し入れとして持って行きますよ』

「何もいらないよ。気遣い無用」

『またそんなことばっか言って。私がこれまでどれだけ相川さんに奢《おご》ってもらってきたと思ってるんですか。少しは甘えてくださいよ』

気を遣われるよりは、遣う方が性に合う人間もいて、相川は自分を圧倒的にそのタイプだと思っていた。

今年で三十一歳。

年配の女性教師たちからは『旦那《だんな》さんにしたいランキングナンバーワン』の称号を頂戴《ちょうだい》し、同じ独身であるはずの後輩からも、いい人を見つけて幸せになってくださいね、と励まされる。実益の伴わない好評価に、そういうの、もういいんだけどな、と苦笑しながらもため息が洩《も》れる。華やかな色恋の話とは、もう随分縁遠い。

「着いたら電話してよ。すぐに鍵《かぎ》、開けに行くから」

『ありがとうございます』

小学校に不審者が入り込むような嫌な事件が多い昨今では、たとえ授業中であっても校舎の鍵を開放しておくことはない。夏休みの間も同様だ。子どもが自由に校舎に入れないというのは、かわいそうな気もするのだが。

『モロゾフのチーズケーキ買っていきます。好きでしたよね？』

返事をするより早く、電話が切れた。

チサ子がやってきたのは、それから十五分と経たない頃だった。


「先輩――」

職員室で、俯《うつむ》きながら授業案を作成していた相川は、大いに驚いた。顔を上げると、玄関側の入り口に、チサ子が立っていた。

「チサちゃん」

早くないか？

今日何本目かわからない煙草を急いで缶の中に捨てる。問いかけるより早く、彼女が近付いてきた。

「鍵、開いてましたよー。無用心ですね。教頭先生あたりに見つかってたら、かなり渋い顔されるんじゃないですか、これ」

「嘘？　ほんとに？」

慌てて腰を浮かしかけると、チサ子が自分の頰《ほ》っぺたの横で手のひらを振り動かした。

「大丈夫です。もう、きちんと内鍵閉めましたから。先輩にしちゃ珍しいですね。普段几帳面《きちようめん》なのに、らしくない。休みボケですか？」

「いや――」

確かに鍵をかけるのは習性になっていて、だからこそ、しっかり確認したかと言われれば自信がない。「この暑さですもんね」チサ子が白いポロシャツの胸元を大袈裟《おおげさ》に煽《あお》ぐ。

「それに、それ。煙草」

「あ」

まずったな。苦笑を浮かべながら首を振る。

「黙っててくれる？　最近、男の先生たちも吸う率が下がっててさ。ただでさえ喫煙者は肩身が狭いんだ」

「別にいいですけど、臭いだけは気をつけた方がいいですよ。結構、残りますから」

チサ子が仕方ないな、というようにため息を吐く。白い袋を差し出した。

「買ってきましたよ、チーズケーキ。お茶にしませんか？　私も、食べたいし」

「どうせなら、冷やしてからにしない？」

袋には、モロゾフのMを象《かたど》ったマークが入っている。

「早かったね。てっきり、まだ高島屋《たかしまや》の近くにいるんだと思ってた」

市内でモロゾフの生菓子を扱っている場所は、中心街の高島屋以外知らない。あそこからここまでは結構な距離だ。チサ子がはて、というように首を傾げた。

「あ、そうですよ。私、あそこから電話して、地下でこれ買ってきたんですから」

「そうなの？」

「先輩、暑さで時間感覚までやられてるんじゃないですか？　それともそんなに集中して仕事してたんですか」

笑いながら、袋から箱を取り出す。テープでくっついた保冷剤を外しながら「冷えてますけど」と相川に示した。

「すぐ、食べられますよ。お茶にしませんか」

相川の隣の席に置き、開けるように促す。相川は少しの間考えてから、「いや」と首を振った。仕事用の冊子を畳んで、立ち上がる。

「忘れ物はどこにしたの？」

「多分、音楽室です。あそこの棚の上。やっちゃいました」

頭をかき、彼女がばつが悪そうに説明する。

「私のお別れ会、音楽室で生徒たちが演奏会をしてくれたじゃないですか。私の専科が音楽だってこともあって」

「ああ」

子どもたちが考えたことだ。放課後、チサ子に隠れて合奏の練習をするというので、相川も何回か付き合った。

「すごく感激したのに、私、その時もらった手紙を一つ、片付けの時にうっかり棚に上げたまま――」

内緒にしてください、と小声になる。

「薄情なことをしました。何かの弾みでバレたら、その子、傷つくでしょう？　本当は、もっと早く取りに来たかったんですけど、機会がなくて」

「俺が日直でよかったな。いいよ、俺も一緒に行く。ついでに、校舎の見回り付き合ってくれないか？　大丈夫だと思うけど、鍵が開いてたなら誰か入り込んでないか気になる」

「いいですけど、先輩、どうして今日一人なんですか？　相手は？」

「高梨先生。夏風邪だって」

「ああ、なんだ。高梨先生、会いたかったのに残念です」

高梨は教員になって二年目で、まだ学生と言っても充分に通じる雰囲気だ。事実、この間の六月はチサ子を始め、数人の教育実習生たちの間に入って積極的に盛り上がっていた。学生時代からテニスで鳴らしたという自慢に相応《ふさわ》しい、よく日焼けした精悍《せいかん》なマスク。先輩、チサ子ちゃんって彼氏いないんですか、と相川に聞いてきたことを思い出す。

「あいつもきっとチサちゃんに会いたがってるよ。今日、来たって知ったら悔しがると思う」

「本当ですか？　嬉《うれ》しいなぁ」

「君たちは結局、あれからは何もなかったの？　実習中、随分仲良さそうだったけど。高梨先生なら優しいし、外見もいいし、チサちゃんと似合ってるよ」

「うーん、ちょっと頑固なところもありそうですけど」

「正義感が強すぎる、とも言えるよ。チサちゃんと一緒だ」

「あれから、連絡は取ってますよ。よくメールするし」

教頭席の横のキーボックスからマスターキーを手に取る。休みの間は音楽室も施錠されているはずだ。

「見回り、助かるよ。一人よりは二人の方が心強い」

「私みたいに貧相な女に何を期待するっていうんですか」

頰を膨らませて相川を軽く睨《にら》む。

チサ子は確かに背が低く痩《や》せていて、六年生と並ぶとその中に埋没してしまいそうなほどだ。猫のような丸い目と、活発な印象のショートカット。サークルでも、男の後輩たちからそこそこの評価を得ていたが、相川が好むにしては正直些《いささ》か気が強い。

チサ子の印象は、「正しい人」だ。

頑固なほどの正義感の強さ。数年前、サークル仲間が恋愛沙汰《ざた》で揉《も》め、自分の親友が傷つけられた時、チサ子は相手の男のクラスに乗り込み、授業中に彼を殴ったことがあると聞いた。恥をかかされたその男は、しばらくしてサークルをやめた。

若さゆえの子どもの行動かもしれない。教師になり、社会に出れば、なかなかきれいごとだけでは渡っていけないのにな、と苦笑してしまう。

「貧相っていうと聞こえが悪いけど、また痩せた？」

「実はちょこっと」

彼女が力なく微笑んだ。

「やっぱり、思い出すと、まだ」

「——そうか」

言葉を濁す彼女の様子だけで充分察しがついたから、それ以上聞くのはやめた。

机の上に転がっていた、伸縮式の指し棒を手に取る。相川が普段から授業で使っているものだ。それを伸ばしたり戻したり、もてあそびながら、そばに立つチサ子の細いウエストをちらりと眺めた。

メタボリック、という言葉が日常生活に市民権を得て久しいが、相川はこの春の健診でも医者から痩せるように勧告されていた。この体型まで含めて、自分の「いい人」のキャラクターが補強されているに違いない。——背も高いから、太っている、というよりはかろうじて大きい、という印象を保てることが救いだが。

チサ子は大学のサークルでも、本人が望むと望まざるとにかかわらず舞台で役を持たされることが多く、その反対に相川は四年間のほとんどを裏方で通した。主役を張りたいと思うこともあったが、無理な希望を口にして身の程を知らないと周囲に思われるのは嫌だった。周囲を困らせたり、同情されたりするよりは、諦《あきら》めてしまう方が自分の性に合っている。

机に置かれたモロゾフの箱を見て提案する。

「見回りが終わったら食べよう。冷やしてくれる？」

「了解です」

露骨に残念そうな表情を浮かべながらも、チサ子が職員室の隅にある冷蔵庫に歩いていく。

「音楽室の手紙、なくなってたらショックだね」

悪戯《いたずら》心で指摘する。

「もうすでに教え子に発見されてて、小谷先生はひどいっていう評価になってるかもしれない」

「げぇー、やめてくださいよぉー」

渋面を作りながら、彼女がバタンと音を立てて冷蔵庫を閉めた。相川を睨む。

「ごめんごめん」

笑いながら、マスターキーをポケットにしまう。彼女とともに廊下に出た。

（二）

「飴《あめ》、舐《な》めますか？」

玄関に向かう途中で、チサ子がスティック状の飴の包みから一つを自分の口に入れた。

相川たちの大学の教育学部には、筆記による通常試験の他に、ピアノや絵画などの実技試験により入学できる特別枠があり、彼女はその口だった。専門は声楽。発声の基本ができているということで、演劇サークルでは重宝がられていた。そしてそのせいで喉《のど》には気を配っているのか、今もよく飴を持ち歩いている。

「ありがとう」

緑色の包みののど飴を受け取り、胸ポケットに入れる。外からやってきたばかりだろうに、彼女の手から受け取った包みは思いのほかひんやりとしていた。

窓を閉め切った静かな廊下に、さっきから蟬が押し殺して鳴くようなじーっという音が微《かす》かに聞こえる。が、それは気のせいかもしれないと思うくらい、遠くに感じられた。

職員室から持ってきた指し棒を、普段の癖でカチカチと伸縮させる。音が大きく響いた。

「一階から順に見回っていいか？　鍵《かぎ》も確認しておきたいし」

「いいですよ。私は職員口から入ったんですけど、正面も確認した方がいいかもしれないですね」

冷房などという気の利いた設備が存在しない公立小学校の廊下は、うだるような暑さだった。しかし、ため息を吐く相川とは対照的に横のチサ子は涼しい顔をしている。

「変わってないなぁ。たった二ヵ月前だけど、懐かしい」

歩き出す途中で彼女が言った。

「学校の校舎って、どこも同じようなものなのに、やっぱり一校一校、カラーがありますよね。私、南小の廊下や階段の雰囲気、大好きなんですよ」

「そりゃまた微妙なことを言うね。教室は確かに学校によって雰囲気違うけど、廊下や階段なんて、どこもあんまり変わらないんじゃない？」

「そんなことないですよ。私が通ってた学校とここじゃ全然雰囲気が違う」

玄関に差し掛かる。子どもたちの下駄箱が並んだ正面玄関と、廊下を挟んで向かい合わせにある職員用玄関。順に扉の前にしゃがみこむ。相川が施錠を確認して戻ると、チサ子は少し先に行った廊下から、中央階段をぼうっと眺めていた。

ふと、足元に目を落とすと茶色く濡《ぬ》れたような上履きの跡が見える。ついたばかりのようにも見えるが、今日は子どもは登校する日ではない。水を含んでいるように見えるけど、単なる汚れか。相川がそれを確認するため近付こうとしたところで、唐突に、彼女が言った。

「先輩。この学校、随分込み入った怪談話がありますよね。七不思議っていうのかな。『階段の花子さん』」

彼女が立つ横の壁、階段の真向かいに一メートル五十センチ四方の巨大な鏡が置かれている。数年前の卒業生たちからの寄贈品。表面に、銀色の文字で日付が書かれている。

「そういえばあるな。だけどあれ、そんなに込み入ってる？　だいたいどこの学校にもあんな話の一つや二つ、あるんじゃない？」

「先輩、この学校がいくつ目でしたっけ」

「三つ目」

二十二歳で教師になってから、ほぼ五年周期での異動だ。そして、次の年度末には、異動希望を出してここを去りたいところだった。

「じゃ、聞きますけど、前の学校にはこんな話ありました？——少なくとも、私が子どもの頃実際に通ってた小学校には、こんなよくできた七不思議はありませんでしたよ。しかも、『花子さん』ってトイレに出るのが一般的なのに、階段に出るなんて。『トイレの花子さん』なら、ほら、映画でも漫画でもよく見ますよね」

小首を傾げながら、彼女が続ける。

「実習の時から気になってたんです。それって何か、話の成立に由来があるんでしょうか。何かそれが階段じゃなきゃいけない、必然性みたいなものが」

「噂だと、昔、建て替えで今の校舎ができてすぐに女生徒が一人、ここの階段から落ちたらしいよ。菊島《きくしま》校長から聞いたことがある」

「え。それって、ここの、まさにこの階段ですか？」

チサ子が形のいい眉《まゆ》を微かに引き寄せる。心配するように、自分の前にある階段を眺めた。「あ、でも」相川はすぐに首を振る。

「その子は別に亡くなったってわけじゃない。確かに大怪我だったらしいけど、今もどこかで元気にしてるはずだって言ってた。ただ、その事故は休み時間中でね、子どもたちが見てる前での出来事だったから、みんなそれだけ衝撃が強かったんじゃないかな。物凄《ものすご》い出血だったらしいから」

「そうなんですか」

「うん。だからその子が『幽霊の花子さん』になったってわけじゃないらしいけど、事故の衝撃から話が変な風に脚色されて盛り上がっていった可能性はあると思う。階段と血、事故っていうもののイメージと、お馴染《なじ》みの学校の花子さんが結びついてさ。子どもだったらありそうな話だ」

「話の中の花子さん、顔に傷があるっていう説もあるみたいですけど」

「それもその子のせいかもしれないな。想像するとかわいそうだけど、顔面に傷が残ってしまったのかもしれない」

「ああ」

チサ子が腕を抱き、神妙な顔をして頷《うなず》いた。

「だとすると、かわいそうですね。校舎の建て替えって、どれくらい前のことなんですか？」

「そりゃもう、大昔も大昔だろ？　菊島校長が若い頃この学校に勤めてた時の話らしいし」

　今年度には定年を迎える校長の、ごま塩頭を思い出す。『退職の年に、こんなことに……』その声まで一緒に思い出して、慌てて階段から目を逸らす。

「これから三階まで見回りだっていうのに、このタイミングで階段の怪談話か？　やめろよ」

「階段の怪談って、しゃれですか？」

　チサ子が微笑んで、階段の前を素通りする。

「だけど、どうして『音楽室』なんでしょうね」

「え？」

「聞いたことないですか。うちの花子さんは『音楽室の窓から飛び降り自殺した子の幽霊』だっていう噂。ここだけ『音楽室』で、階段絡みじゃない」

「ああ、それなら」

　記憶に引っ掛かることがあった。

「これもまた、菊島校長から聞いた話なんだけど、怪我をしたその子はピアノがとてもうまかったらしい。将来は音大を目指してて、合唱の時には必ず伴奏をやってた。そのせいじゃないか？　怪我をしたせいで、ピアノがしばらく弾けなくなったのかもしれないし、その話が何年も語り継がれることによって『自殺』なんて過激なものになったのかもな。実際の音楽室には、もちろんそんな事実はないようだけど」

「へぇ、そうなんですか」

チサ子が興味深そうに頷いた。

「だったらちょっと親近感を覚えますね。私も音楽、大好きだから」

「まぁ、何の脈絡もない要素が混ざってた方が怖い話や都市伝説はよりそれらしい気もするけど、うちの場合はこんな風に種明かしができるわけだ」

「ねぇ、先輩。三階の音楽室の見回り、最後でいいですか？」

「何だ、怖くなったのか？」

「うーん、ちょっとだけ」

横にかかった、等身大の鏡。そこに映る自分と瞳《ひとみ》を合わせるようにして言う。

「学校って、怖い話のネタになりそうな場所がいくらでも他にあるんですよ。この鏡なんて、如何《いか》にもって感じだし。にもかかわらず、この学校は『七不思議』が全部階段に集中してる。その例外として、音楽室。事実が歪《ゆが》んだ噂になっただけかもしれないですけど、やっぱり気にはなるじゃないですか」

チサ子が首を傾げる。目が合った。

「それにしても先輩も結構詳しいですね。校長先生といつそんな話をしたんですか？　校長、そんな話あんまり自分からしそうもないのに」

「さぁ、いつだったか。何かきっかけがあったような気もするんだけど」

考えてみるが、思い出せなかった。きっと何かのついでに、彼が気紛れに語ってくれただけなのだろう。

「まぁ、いいよ。音楽室が最後でも。それにしても、やけに怖い話に興味があるな。夏ってのは、確かに怪談の季節だけど」

会議室、家庭科室、給食室。体育館に続く中庭への外扉をチェックし、鍵《かぎ》に異状がないことを確認する。相川が聞いた。

「一階は異状ないな。そろそろ例の階段を登らなきゃならないけど」

階段の前に出る。昼下がりの夏の太陽が、まだ白く眩《まばゆ》い光で窓から注いでいた。そこに浮く埃《ほこり》の一つ一つまでが見えそうなほどだ。

階段の正面にある鏡に映るせいで、二つの階段が前後に広がるような錯覚を覚える。

「昼だから、残念ながら怖い話には向かないね」

「うーん。だけど、昔の人はよく言ったもので日本には『逢魔《おうま》が時《とき》』って言葉があるでしょう？　『魔物に逢《あ》う時間』は真夜中ではないんですよね。まだ本当に暗くなり始めたばかりの夕方と夜の境界の時間です」

チサ子が一歩、階段に足を踏み出す。彼女の後ろ姿が、鏡の向こうにも映った。

「向こうにいる相手の顔がぼんやりして、姿は見えるけど誰かわからない。そこからきてる『誰《た》そ彼《がれ》』時。はっきりしない夕暮れは、真夜中と違って誰も魔物に注意なんてしない。昼だと思っているからこそ、油断してすっと出逢っちゃうんですよ」

「その夕暮れ時にもまだ随分あるだろ？　今は三時を回ったばっかりだ」

「つまんないなぁ、もっと怖がってくれるかと思ったのに」

不服そうに続ける。

「じゃ、もう少し付き合ってくださいよ。怖くないなら丁度いい。先輩、『階段の花子さん』の七不思議はどの程度知ってます？」

「さぁ……。漠然と子どもたちが話す噂から聞きかじった程度」

ただし、そうは言いつつも、いくつかにはすぐに思い当たる。誰かから詳細に聞かされたような記憶もあるのだが。ただし、それがいつ誰になのかまでは思い出せない。

相川は南小に赴任して四年目で、高学年を担任したこともある。それぐらいの年になると、子どもは本当に口達者だから、その時に誰かから聞いたのかもしれない。

相川もまた、階段を一段登る。チサ子が横から尋ねた。

「その漠然とした噂の範囲でいいですよ。どれを知ってます？」

「まず……。これも『七不思議』の一つになるのかな。『この学校の花子さんは、階段に棲《す》んでいる』？」

「あ、そうですね。大前提の『七不思議』です」

正面の踊り場に、県や省庁から送付されたポスターが並ぶ。歯を磨こう、動物愛護週間のお知らせ。歯ブラシを持った子どもの顔がアップになった写真や、動物を抱いてにっこり笑う少女の写真。毎年、デザインは似たようなものだ。

その前まで歩きながら、チサ子がさらに問いかける。

「他にはありますか？」

「あとは、これをしないと呪われるっていうのがいくつか。『花子さんからもらった食べ物や飲み物は、決して口にしてはいけない』『花子さんに聞かれた質問に嘘を吐いてはいけない』」

「ああ、禁止事項ですね」

チサ子が頷いた。

「他には？」

「――『花子さんに会いたければ、階段をきれいに掃除すること』」

相川の知る「七不思議」はこれで全部だ。

相川が一つ条件を挙げるごとに、チサ子が横で指を折って数えていた。右手の薬指までを折り、小指だけを立てた状態から、自分で先を続ける。

「禁止事項は、他にもあと一つあります。相川さんも聞いたことないですか？『花子さんが「箱」をくれると言っても、絶対にもらってはいけない』」

「箱？」

「何色か、色を選ばせてくれるそうですよ」

踊り場を横切り、階段を登り、二階の廊下に立つ。西と東、左右に続いた中学年の教室。特別教室は右手の先に図工室と理科室。左手に図書室がある。

「これもきっと、よく聞く都市伝説の派生の類《たぐい》でしょうね。聞いたことありませんか？学校のトイレに入って用を足した後、ふと正面を見ると紙が切れていることに気付く。困って途方に暮れていると、急に幽霊の声が聞こえる。――赤巻き紙と黄巻き紙、青巻き紙、どれがいい？」

階段の正面には、男子トイレと女子トイレが並んでいる。中は静かだが、自然とそっちを見てしまう。このタイミングでこの話を振ることを最初から狙っていたとしたら、チサ子は思いのほか策士だな。苦笑しながら、「ああ」と答えた。

「似たような話はいくつか知ってるよ。俺が子どもの頃に聞いたのは、赤いべべを着せるって話だ。それも学校のトイレの話じゃないかな。寒くない？　赤いべべと白いべべ、青いべべ、どれを着せてあげようかって聞かれるんだ」

「そうです、そんな感じ」

話が通って、チサ子は嬉《うれ》しそうだった。

「そっか、やっぱあちこちにあるんですね、そういう話。何色を選ぶべきだ、とか正解はありました？　赤は血の色だから刃物で斬られて殺される、青は水責めにされて殺される。黄色を選べば助かる、とか」

「あったあった。でも、そのべべの話は白でもダメだったんだよな。白を選ぶと、それを着せられたまま、刀で斬り殺されてしまう。白いべべが赤く染まることから、赤を選んだのと同じなんだって聞いた。八方塞《ふさ》がりだから、結局どうしようかって子どもも心にも怯《おび》えたな。幸い、そんな怖い選択を迫られるシチュエーションにはとうとう巡り合えなかったけど」

「先輩のとこに伝わってた話は、なんだか全体的にちょっとレトロですねー。べべって表現がそもそも古いし、斬り殺されるってまた。時代劇みたい。面白い」

ふざけた調子で笑って、「でも、そうなんですよ」とふいに真面目な顔つきになる。

右の理科室の方向に曲がり、二人で一つ一つ、教室の鍵を確認していく。廊下は物音一つせず、二人分の足音がよく響いた。

「花子さんの場合もそれと同じ。赤い箱と青い箱と、黄色い箱。どれが欲しいか聞かれるそうです。だけど、正解はどれを選んでもダメ。赤を選ぶと血まみれになって殺されるし、青い箱を選ぶと学校中の水道の蛇口から水が溢《あふ》れて溺《おぼ》れ死ぬ」

「黄色は？」

「笑えますよ。なんと感電死」

チサ子がくすっと笑う。

「よく考えたもんだね」

本当に感心して、相川は唸《うな》る。

「色の連想で、それ、黄色と電気を結びつけたわけだろ？」

「まぁ、そんなわけで逃げ場がないんですよ。うちの花子さんの場合は、だから、たとえくれると言っても、どの色の箱も決してもらってはならない」

「助かる方法はないの？　花子さんと出会ったが最後、死ぬしかない？」

そんな畏怖《いふ》の対象である花子さんを進んで呼び出すという発想が如何《いか》にも子どもらしい。

「別に花子さんだって悪さばかりをするわけではないんですよ。私の頃は、自分の好きな人が誰を好きなのか教えてくれたり、両思いになる手助けだってするって言われてた。花子さんは学校のことなら何でも知ってるし、子どもたちにとっては憧《あこが》れの対象なんですよ。『花子さんの七不思議』には、ちゃんと『花子さんにお願いごとをする時は、彼女の望むものを与えること』というのがあります。助かりたければ、何かをあげる必要がある」

「それには物の指定はないの？　べっ甲飴《あめ》とかさ」

「口裂け女ですか？　うーん、残念ながら、うちの花子さんの場合、具体的な指定はないみたいですけどね。苦手なものも特に指定されてないし、『ポマード』って呪文《じゅもん》を唱えたところで追い払ったりはできないみたい」

これで、六つか。

チサ子が言い、小指が一本だけ立った状態を一旦《いったん》解いてから、また新たに人差し指を立てる。

「あ、あと、花子さんの与える罰は一つじゃないみたいですよ。箱のパターンの場合は、確かに死が待ってるみたいですけど、最初先輩が言ってた禁止事項、『もらった物を食べない』『嘘を吐かない』に与えられる呪いはちょっと違う。それが、七つ目の『不思議』として、しっかり示されています。あ、七つ目って言っても、別に順番がついてるわけじゃありませんけど」

西側の最後の部屋、理科室の鍵《かぎ》を確認した後で、チサ子がふいにドアに耳を近付けた。

「水音、聞こえませんか？」

そう尋ねる。

「気のせいかな。私、前にこの学校に放課後残ってた時、理科室で水道の水が滴《したた》って、ちょっと怖かったことがあるんです。蛇口が緩かったみたいで」

「何も聞こえないよ。気のせいじゃない？　それより花子さんの呪いっていうのは」

首を振るが、チサ子がドアから体を離さない。「中、入ってみましょうよ」と相川を誘った。

「私、ガスの元栓とか、ヘアアイロンのプラグとか、人一倍気になっちゃうんです。あと、さっきの花子さんの箱の話をした後だと、バカみたいでしょうけど、やっぱり気になる。お願いします。開けてみましょうよ」

――青い箱を選ぶと学校中の水道の蛇口から水が溢れて溺れ死ぬ。

「……わかったよ」

少し神経質過ぎるんじゃないか、と喉元《のどもと》まで言葉が出かかった。が、結局ポケットからマスターキーを取り出してドアを開けた。中を覗《のぞ》き込むと、薬品臭を含んだこもった空気が顔にむわっと掛かった。

微《かす》かに、息を止めた。

理科室の中は、薄暗かった。黒い遮光カーテンが窓全部を覆って、圧迫感と閉塞《へいそく》感に満ちた息苦しい空間を作り出していた。誰が最後にしめたのだろう。他の教室や特別室は、夜でも休み中でもカーテンなんかまずひかない。理科室だって、そうだと思っていた。

水道はどれもきちんと蛇口がしめられている。水は流れていない。

「花子さんの呪いは、階段に閉じ込められることです」

背後で声がした。相川の肩が、反射のようにびくりと動く。振り返ると、あれほど水音を気にしていたチサ子が中に入ろうともせず、廊下の同じ場所に立っていた。

「『花子さんが与える罰は、階段に閉じ込めて、二度と出られなくすること』。これが、階段の花子さん、最後の『七不思議』です。子どもたちは、無限階段の刑とも呼んでる。一階の最後の一段を下りても、また三階の最初に戻される。終わることなく、階段が続くんです」

彼女の目が階段の方向を振り返る。

「この階段、何度数えても段数が違う。そういう噂、聞いたことありませんか？」

「いや……」

「子どもたちが話してました。何人かで階段を下りる時、三階から順にそれぞれが心の中で、声に出さずに段数をカウントする。着いた時に確認し合うと、答える数がみんなバラバラで合わないそうですよ。それも花子さんの呪いの一つなんじゃないかって、話されている」

チサ子が相川を見た。背後の暗い理科室、そこからの重苦しい空気を背中に感じる。

彼女の視線が相川を素通りして部屋の中に投げかけられる。そこに何が見えるわけでもないだろうに、ゆっくりとゆっくりと、双眸《そうぼう》を歪《ゆが》める。

「多分、踊り場のカウント数を間違えるんだと思うんです。踊り場を一段として数える子とそうでない子。また、踊り場に差し掛かるタイミングに応じて、数える時もあればそうしない時もある。そこを示し合わせておかないから、結果バラバラになってしまう。本当に、子どもらしい」

彼女が相川を見た。

「花子さんの呪いは、一生、同じ階段をぐるぐるぐるぐる、回り続けることなんです」
いいですか、と彼女が言った。
「花子さんの七不思議は、これで全部です。
一つ目、『この学校の花子さんは階段に棲《す》んでいる』
二つ目、『花子さんに会いたければ、彼女の棲む階段を心の底から一生懸命、掃除すること』
三つ目、『花子さんのくれる食べ物や飲み物を口にすると呪われる』
四つ目、『花子さんの質問に、嘘を吐くと呪われる』
五つ目、『花子さんが「箱」をくれると言っても、もらってはならない』
六つ目、『花子さんにお願いごとをする時は、花子さんが望むものを与えること』
七つ目、『花子さんの与える罰は、階段に閉じ込める、無限階段の刑』」
「……どうしてそんなに詳しいの？」
乱暴に、理科室のドアを閉じる。バタン、という大きな音が廊下に響いた。それを契機に空気が元に戻ることを期待して。が、チサ子は落ち着き払ったまま、声の調子を変えることもなかった。
「先輩のクラスの過去の活動記録ファイルの中に、たまたま見つけたんです。去年の、あの子たちの自由研究の一つ。――相川さん、覚えてませんか？」

一ヵ月、子どものことをみっちり知るために過去の資料を貸して欲しい。そうせがまれて実習の最初にファイルを貸したことを思い出す。

「誰の研究？」

喉《のど》の奥に声が絡む。嫌な予感がした。

「青井さゆりちゃん」

チサ子の答えを聞いて、あっと思い出した。去年の自由研究。その時に彼女から聞かされた花子さんのルール。発表会を観に来ていた菊島校長から、あの時、過去の事故の話も聞いた。そうだ、あの時だった。

チサ子が目を伏せ、階段の方向に首を動かす。

――ねぇ、先輩。

その声は、それまでの話し方より一段低く、静かに響いた。彼女が尋ねる。

「さゆりちゃん、どうしてあんなことになっちゃったんでしょう」

「……わからないけど」

チサ子が見つめる階段の方向を、相川も一緒に見つめる。掠《かす》れた声になった。

「本当にかわいそうなことだったと思う」

「まだ信じられません。あの子がもう、どこにもいないなんて」

「――お母さんは、いまだに警察から繰り返し事情聴取をされてるらしいよ」

胸を軽く押さえて、息を吐き出す。思ったより、長い吐息になった。頰の表面にびりびりと強張《こわば》った空気を感じる。

「どうして、あの子が死ななきゃならなかったんだろう」

「クラスの中で、みんながなんとなくあの子を仲間外れにしようとしてるのはわかってました。だけど私、何も気付かなかった。さゆりちゃんの身体の痣《あざ》にも、抱えている家庭の事情にも」

「それを言うなら、本当は俺が気付かなきゃならなかったんだ。――誰にも相談できなかったみたいだし」

相談できる相手など、実際いなかったのだろう。そう、相川は思っている。

先月、七月。

教育実習を終えたチサ子が南小を去って、二週間近くが経過した頃だった。夏休みを目前にした日曜日。

相川の受け持っていた生徒である青井さゆりが、とある渓谷で遺体で発見された。近くの橋の欄干に彼女のものと見られる靴が揃えて置かれていたことから、現場は自殺と見られる状況だった。その橋は、春の歩き遠足の際に皆で登った山の中にある。さゆりは場所を覚えていて、一人でそこまで歩いたのではないか、とも推測された。しかし、遺書の類は一切発見されず、自宅には彼女の字でただ『学校に行ってきます』という書き置きが残されていただけだった。

警察は事件と自殺、両方の線から現在も捜査中だ。

現場の川は流れが急で、その上、水の間を切り立った岩が埋め尽くしている。当日は、水嵩《みずかさ》がそこまで多くなく、また遺体にも水を飲んだ形跡がほとんどないことから、彼女の直接の死因は、橋から落ちた際に後頭部を岩場で強打したことによる失血であると見なされた。ほとんど即死だったという話だ。

「親があまりにひどいよ。あれは」

ポツリと呟《つぶや》く。

さゆりの遺体が発見されたのは日曜日。その前日の土曜の夜、彼女が家に帰らなかったにもかかわらず、さゆりの母親は娘の不在を何ら気に留めなかったのだという。父親と離婚した後から始めた夜の仕事が忙しく、普段から注意なんて向けていなかった、と彼女は語った。

確かに、さゆりはろくに洗われた形跡のない同じ服を何日も続けて着ていることが多く、そのことが職員会議でもよく問題になっていた。相川も母親と話をするため、何回か家を訪れたが、ほとんどの場合彼女は不在で、ろくろく会えもしなかった。

そして、川から発見されたさゆりの遺体には、生前から日常的につけられたと見られるたくさんの痣《あざ》と傷が発見された。外からはぱっと見えない腹や背中、腕の上部を中心についた内出血の痕《あと》。

『今は親が子どもを平気で殴るご時世だから……』

世間的には珍しいことでなくなってしまった、児童虐待。青井さゆりのニュースは、ごく短い、二、三日の間だけ全国版のテレビ放送でも扱われ、そこに登場したコメンテーターが眉《まゆ》をひそめてそう言っていた。

虐待と殺人の嫌疑をかけられた彼女の母親は、その事実を否認している。きっと何かの間違いだ。普段から一緒に過ごす時間などほとんどなかったし、彼女の身体にそんなものがあったことだって知らなかった、と。しかし、母親がどれだけ訴えようとも、それは苦しい言い訳としか映らないだろう。近所の人間にも、学校関係者にも、そしておそらく警察にも。

夜、母親の帰りを待って、鍵《かぎ》がかかった部屋の前で座り込むさゆりの姿が近所の住民に何度も目撃されていた。

「でも、私たちだって、痣のことは何も気付かなかった。さゆりちゃんはよく長袖《ながそで》を着ていて……。今考えると、それも、私たちの目から自分の肌を隠すためだったのかって、それを考えると私、悔しくて、彼女があまりに健気《けなげ》で、たまらなくなります」

「ああ」

「だって、あの子たちは知ってたのに」

重苦しい空気が流れた。相川には何も言えなかった。

さゆりの死、それにより判明した虐待の形跡について、相川たちも立ち会った上で、警察はクラスの子どもにも話を聞いた。チサ子同様、相川もさゆりがクラスで疎まれる存在であることは気付いていた。親しい友達がいる様子はなかったし、母親が世話を焼かないせいで「不潔」であるとか、「汚い」と言われていることも知っていた。やめさせようと注意したし、何度もクラスで話し合いを持ってきた。

「お化け」というあだ名が彼女につけられていることも、だから知っていたし、気にはなっていた。

けれど、事件後の聞き込みにより、彼女がそう呼ばれていた理由が判明した。体育の着替えの時、彼らはさゆりの身体についた痣を見てしまったのだという。青紫と赤紫色で斑《まだら》になった肌を指し、誰かがつけた心ないあだ名だった。

チサ子がため息をついた。

「子どもが、時にとても残酷なんだということは知っています。だけど、痣のことを私たちに教えるでもなく、さらにいじめの材料にするなんて……。もっと早くに教えてくれていれば、きっとあんなことには」

「俺も、本当に危機感が足りなかったんだ。虐待のこともだけど、いじめがそこまでエスカレートしてたことにも、まるで気付けなかった」

右手に握った指し棒を、またカチカチと鳴らす。落ち着かなかった。

先月の終わり、さゆりが死んでから夏休みに入るまでの一週間は、ほとんど授業にならなかった。保護者たちを交えたいじめ問題への説明と話し合いが繰り返し行われ、その様子は今思い出しても心が疲弊するものだった。冷静に話を聞く親もいたが、それらはごく少数だった。さゆりの母親が娘への虐待を否定し、ひいてはその死の責任を学校でのいじめなのではないか、と言及したためだ。あの痣は、子どもたちの行き過ぎたいじめの結果に違いない、と。

あの母親が殺したに決まってるのに、うちの子たちが謂《いわ》れのない疑いをかけられるんですか。——ヒステリックに上がった声は一つではなかった。

「でも、いまだに納得ができない」

ぽつりと独り言でも呟くようにチサ子が言った。

「何が」

「どうして、さゆりちゃんはあの日『学校に行ってきます』なんて書き置きを残したのか」

彼女が相川の瞳《ひとみ》をまっすぐ見ながら言った。

「あれは、確かにさゆりちゃんの字で残されてたって話ですよね。本当に来たのかどうか、土日は学校、施錠されるからわからないですけど」

「彼女のお母さんは、あの書き置きがあったことも、娘のSOSだったんじゃないかって話してるらしい。さゆりちゃんの死は、学校がそこまで嫌だったってことを苦にしての自殺なんだと。――警察は、それを聞いてあの書き置きがお母さんの偽装工作である可能性も考えてるみたいだけど。無理矢理書かせたとか」

「だけど、それもちょっと納得できないですよね。お母さんが疑われてる通り、さゆりちゃんを――、殺してしまったんだとしても、だったらそれって計画的な犯行だったことになってしまう」

チサ子が首を傾げる。

「かっと頭に血が上って、というのならわからないではないんです。誤って突き落としてしまう、勢いで力が入り過ぎてしまった、というのなら。だけどそんな準備をしたというのは、私にはしっくり来ない」

「真相はもうわからないさ。どれだけ、ここで考えたところで」

思わず、きっぱりとした声が出た。チサ子が口を噤《つぐ》む。もう一度じっと相川の顔を見つめ、それからふいに「そうですね」と顔を背けた。

「ごめんなさい。相川さんにも、思い出させてしまって」

それきり、廊下を反対側に歩いていく。その後ろ姿。思わず、小さな息が出る。水道を気にしていたんじゃなかったのか。

チサ子は理科室の中に入ろうともしなかった。

「先輩」

彼女が振り返る。どうしたんですか、と。

「早く行きましょうよ」

「ちょっと待って」

わざとらしく音を立てながら、マスターキーで再び理科室の鍵をかける。振り返ると、チサ子はすでに興味をなくしたように、もう相川から視線を外し、ぼんやりと立っているだけだった。

（三）

「——ずっと気にしてるのか」

図書室の方向に歩く途中で尋ねると、チサ子が子リスのような大きな目を動かし、相川の顔を無言で見た。付け加える。

「痩《や》せた理由も、それ？」

「ああ」

どこかぼんやりとした口調で彼女が頷《うなず》いた。相川が言う。

「確かに、実習のクラスの子のことでショックだというのはわかる。だけど、君がそこまで気に病む必要はないんだ。ここからの責任は、俺や学校できちんと考えていくよ」

言うと、ややあってから彼女が呟《つぶや》くように答えた。

「実は——。私、仲良かったんです。多分、先輩が思うよりずっと」

「え？」

「さゆりちゃんと」

彼女を見つめ返す。驚いたが、どうにか平静を保つことができた。

　意外だった。教育実習生は確かに子どもから人気があるのが普通だが、さゆりはどちらかといえば、興味があっても近付いていけない部類の子どもだと思っていた。他のクラスメートがチサ子を構うのを、遠くから羨《うらや》ましそうに見ていたような記憶しかない。

「仲が良かったって、どういう風に」

「放課後、あの子が居残り掃除をしているのにたまたま気が付いて。気になって声をかけたんです。──毎日、してるみたいだったから」

　答えを聞くと同時に、半開きにした唇が一瞬で乾いていく。彼女が続けた。

「みんな、掃除をサボって帰ってしまうけど、きれいにしないと叱られるから、自分だけはやるんだって話してました。あの子、とても責任感が強かった」

　クリーム色の廊下に、チサ子の色の薄い影が差す。相川の一歩先を、表情を見せずに歩いていく。

「それから放課後、何回かまた見かけて、その度に少しずつ話すようになりました。さゆりちゃん、クラスの中ではほとんど笑顔を見せなかったけど、本当はよく笑う子なんですよ。一緒に付き合って掃除したり、本を貸してあげたり、私たち、お互いにいろいろ話しました」

「話したって、何を」

強張《こわば》った声にならないように注意を払ったが、うまくいったのかどうか、客観的な判断ができないことがもどかしかった。

「友達と仲良くできないことが寂しいって話してもいたし――」

チサ子が答える。

「だけど、そのことを去年からずっと相川先生が相談に乗ってくれてるって、話してました。お母さんには話せなかったけど、先生には話せる。学級会で、みんなと話し合ってくれたんだって、嬉《うれ》しそうに」

後ろ姿を見せたまま、チサ子が突き当たりの図書室まで軽い足取りでスタスタ歩いていく。相川は時間をかけながら、その間の教室の鍵《かぎ》を、一つ一つ黙ったまま確認していく。

「あの子、先輩のことが本当に好きで、心の拠《よ》り所にしていたみたいでした」

チサ子がようやく、相川を振り返った。薄い笑みが浮かぶ。

「それを聞いて、私、先輩みたいな先生になれたらいいなぁって思いました」

「ああ」

短い相槌《あいづち》を打つ。チサ子は、聞いているのかいないのかわからなかった。目を細め、図書室のドアを背に、半袖《はんそで》のシャツから伸びる白い腕を組んで立つ。

「ある日、さゆりちゃんが肩を押さえていたんです。掃除しながら、庇《かば》うように」

口を閉じたままなのに、喉《のど》の間を空気がひゅっと抜けていく感覚があった。チサ子を凝視する。

「それって、もしかして」

「見せてって頼みました。彼女は嫌がったけど、気になって仕方なかった。服を捲《めく》ると、赤くて丸い火ぶくれができてた。私、びっくりして、丁度そこを通りかかった高梨先生と二人でさゆりちゃんを保健室に連れて行きました。養護の先生はいなかったけど、二人で彼女の腕を冷やしました」

相川の目をじっと見据えたまま、チサ子が答えた。

「高梨先生が、これは多分煙草を押し付けられた痕《あと》じゃないかって」

「ああ」

吐息のような声が出る。額にも、手の中にも嫌な汗をかいていく。

「そうなんだ。あの子の遺体にも、その痕がたくさんあったらしい」

さゆりの母親が、娘の傷をクラスの子どもたちの責任にしてしまえない大きい理由がここにある。あれは、子どもの仕業ではない。

「さゆりちゃんは、否定しました。自分の不注意で前の日に火を使っててやってしまっただけだって。――私たちも確認できたのはそれ一つだけで、それ以上はもう、身体についた他の傷に気付けなかった」

彼女の声が無表情に冷たく、乾いたようになっていく。瞬《まばた》きを長く、一つした。

「高梨先生と相談しました。あの火ぶくれは、ひょっとしてつけられてからそう時間が経っていないんじゃないかって。家ではなく、学校の中で、誰かにつけられたものなんじゃないかって」

二階の廊下の窓は、同じ昼間の光を入れている。けれど、一階の廊下を歩いていた時の方が余程明るく感じられた。

「どうして教えてくれなかったんだ」

思わず強い声が出る。チサ子が目線を上げた。

「……ごめんなさい。だけど、勘違いである可能性もあったし、何より、さゆりちゃんが嫌がったんです。本当に何でもないって」

相川は何も応《こた》えなかった。

「私も高梨先生も、相川さんが言うとおり危機感が足りなかったんです。無理して聞き出すんじゃなくて、自然と話してくれるのを待とうって。それからは、実習が終わるまでの間、三人でよく話しました。高梨先生と私、その時に仲良くなったんです」

ひやりと、背中に冷たいものが通り抜けた。哀れむように、チサ子が目を細めた。

「先輩、聞きました？　さゆりちゃんの身体にあった痣《あざ》は単純に素手で殴ったというよりは、何か長い棒のようなものを押し当ててできたものが多かったそうです。丁度その」

宣告するように毅然《きぜん》とした口調で、チサ子が告げる。

「授業で使う指し棒みたいな、長くて細い棒で」

相川は身じろぎもせずに声を受け止めた。金属を握り締めた手の中が、じっとりと嫌な汗で濡《ぬ》れていく。

「おかしなこと言うなよ」

声を出して、笑い飛ばす。

「その時君が見た煙草の痕の話は誰かにしたの？　例えば、警察とか」

ようやく声が出た。チサ子が黙った。もったいぶるような沈黙を経て、ゆっくりと唇を開く。

「いいえ。もう、あんなことになってしまった後だし、今更意味がないかもしれない。

最初に話すなら相川さんにしようと思ったんです。実習でお世話になったし、何よりさゆりちゃんの担任だったし。——彼女もあなたを慕っていたし」

そういえば。

彼女が続けた。

「この職員室で煙草を吸うのって、誰でしたっけ」

自分が唾《つば》を呑《の》む、ごくりという音、その感覚がはっきりとわかる。チサ子を見た。

「あんまり多くないですよね。男性であっても、高梨先生も、校長先生も教頭先生も吸わない。だからこそ、相川さんや他の数人の先生方は肩身が狭いってよく話してましたもんね」

声が出なかった。無難な相槌を努力して打とうとする相川の前で、チサ子が腕組みを解いた。「行きましょう」と、呼びかけてくる。

「音楽室、そろそろ忘れ物を取りに行ってもいいですか？」

横をすっと素通りし、三階に続く階段を見上げながら、また「でも、不思議ですよね」と振り返った。

「さゆりちゃん、本当に一人で一生懸命掃除してたんですよ。叱られるからって」

「え？」

虚を突かれたように、のろのろと顔を上げる。チサ子が無感動な口調で告げる。

「この、二階から三階にかけての階段。だけど、その時、ちょっとおかしいなって思ったんです。『叱られる』って、誰に『叱られる』んだろうって」

「あ」

「子ども同士の関係では、あまり出ない言葉ですよね、『叱られる』」

唇を窄《すぼ》めるようにして、チサ子が微笑む。

「だけど、先輩がそんな理不尽なことをするはずはないし。本当に不思議だったんです」

行きましょう。

彼女が先に立ち、階段を登る。再び無表情になり、ゆっくりと一段一段足を前に進めていく。

「先輩」

顔を上げる。

「さゆりちゃん、お母さんのことが大好きだったんです。確かにあんまり構ってくれなかったかもしれないし、近所の人たちが言う通り、『ひどいお母さん』だったかもしれない。だけど、掃除していて、放課後、一度だけだけど、さゆりちゃんをお母さんが門のところまで迎えに来たことがあったんです」

後ろ姿を向けたまま、彼女が続ける。

「手を繋《つな》いで、嬉《うれ》しそうに一緒に帰っていった。お母さんも、私に笑顔で会釈してくれました。今、彼女が嘆いているのは、何も嫌疑がかけられているからというだけではないと思うんです。娘を失ってしまった悲しみの方が、その何倍も、本当は強いかもしれない。それを思うと、私、やりきれません」

——先輩。

彼女がまた言った。

「あの子は何も、言いませんでしたよ」

チサ子が相川を見る。静かに瞳《ひとみ》を見つめ合わせて、微笑んだ。

「何も、教えてくれなかった」

（四）

校舎には、今、小谷チサ子と相川の二人だけだった。

乾いた唇を舐《な》める。指で触れると、自分の手のひらが汗に濡れていることが改めて実感できた。体が熱いのに、背筋だけがぞくぞくと寒い。

口数が少なくなった相川を後ろに連れたまま、チサ子は平然と階段を登っていく。その涼しげな背中と、そこから伸びる白い手足を見ていると、もどかしさに襲われる。彼女は何も言わない。

日直は今日、相川一人だ。他には、明日《あした》の日直の出勤時間まで誰も校舎に来る予定がない。今、この中は完全なる密室だ。校舎は校庭と裏庭に挟まれている。学校の敷地の外も、水田と公園だ。民家までは随分距離がある。中で少しくらい大きな物音がしても、きっと誰にも届かない。

あの時だって、そうだった。

チサ子は今日、ここに来ることを誰かに洩《も》らしただろうか。

「推測なんですけど」

見つめていた白い背中が急に口を利いた。唇を噛《か》んだまま、一歩もそこを動けずにいた相川は、ただ「ああ」と返事をするのが精一杯だった。軽やかな足取りで、チサ子が踊り場を通り過ぎ、視界から消える。彼女の声だけが頭上から落ちてくる。

足元の床に、また、茶色く濡れたような上履きの足跡。ただの汚れだ、と踏みつけると、水がこすれたように歪《ゆが》む。ぞっと、寒気に襲われた。

「さゆりちゃんは、ひょっとしたら、あの日、学校に来ていたんじゃないでしょうか」

姿の見えない声が言う。

相川は大きく息を吸い込み、奥歯を嚙み締めた。チサ子の声がやむ。噴き出る額の汗を拭《ぬぐ》いながら、尋ねる。

「どうしてそう思うの？」

「勘です。休みの日だけど、誰かと約束でもしていたのかもしれない。あれはお母さんの偽装工作だとしてもやっぱりちょっと変だし、さゆりちゃんが嘘を書いたとも思えない」

チサ子はどこまで行くのだろう。足音が続いている。終わることなく。遠ざかっているはずなのに、彼女の告げる声だけはまだすぐ近くに感じられた。

「誰かに呼び出されたって、例えば誰だよ。あの子はそう友達が多い方じゃなかっただろ」

「孤独だったからこそですよ。そんな中で自分の話を聞いて相談に乗ってくれる人がいたら、きっとその人のことは大好きになるだろうし、何でも言うことを聞いてしまうかもしれない」

「相談に乗っていたっていうなら、その条件に当てはまるのは君か高梨先生だろ？　そんな覚えでもあるのか」

　言いながら、そうだ、高梨がいた、と思い当たって思わず顔をしかめる。チサ子が見たというついたばかりの煙草の痕《あと》を、あいつも見ている。チサ子だけの口を封じても、まだ――。

　思った、その時だった。

「あなたもですよ、相川さん」

　その声は、すぐ耳元で囁《ささや》かれたように、相川の心臓を鷲《わし》づかみにした。咄嗟《とっさ》に声が出なくなる。

「あの書き置きは、お母さんの言う通り、さゆりちゃんのSOSだった。自分の身の危険を、無意識にでも感じていたんじゃないですか。――そう考えた時に、思い当たりました。ひょっとして、さゆりちゃんが死んだのはあの山の橋ではなく、この学校だったんじゃないかって」

「そんなバカな」

　ほとんど叫ぶような声になったことに気付いたが、止められなかった。胸の鼓動が早鐘を打つように肉薄して感じられると同時に、言葉が止まらずに溢《あふ》れ出す。

「チサちゃん、さっきから話がいろいろ飛び過ぎて、俺、正直ついていけないよ。花子さんの話と、さゆりちゃんの不幸と。唐突で関連性がない。何が言いたいわけ？」

「ルミノール反応、でしたっけ。それを警察に調べてもらうには、どうしたらいいんでしょうね。きっと、何か証拠を示せば、すぐにやってくれると思うんですけど」

チサ子が微笑み、相川はぞっとする。

「さゆりちゃんは、ここで死んだんじゃないですか。橋から落ちて頭を岩にぶつけたわけではなく、例えば、学校の校舎にだって転落することで命にかかわる場所がある。この階段から落ちて」

こつり。

それまで上に行くだけだった靴音が、止まって、静かに一段下りる。

「その」

彼女が階段から下の踊り場を指差したのが、見なくてもわかった。

「踊り場の床に、頭をぶつけたのだとしたら。あの傷は、そうしてできたものだとしたら。さゆりちゃんが、突き落とされたのだとしたら」

「チサちゃんさ」

赤黒い血が、意思を持った生き物のように小さな頭を起点に溢れていく。階段の端のすべり止めのゴム。そこまで流れてせき止められ、だけど、溜《た》まった場所から順に重たそうに下に流れ落ちていく。一段、一段。ゆっくりと。スローモーションのように。その光景が、今、目の前にあるきれいなクリーム色の踊り場の床と重なる。

含み笑いを、引《ひ》き攣《つ》った顔に浮かべてみせる。だけど、そこから先の言葉が続かなかった。

「さゆりちゃんはここで殺されたんです」

チサ子が言った。

「そして、あの橋まで運ばれた」

「君はまるで見てきたように言うね」

「見てましたよ。全部、ここから」

言いながら、チサ子が相川の前に姿を現す。両腕をだらりと力なくさげた、涼しい立ち姿。

喉《のど》の奥で萎縮《いしゆく》した自分の声が凍りついたのが自覚できた、まさにその瞬間だった。

ムー、ムー、ムー、という、押し殺したような低い音を背後に聞く。ズボンの後ろポケットから伝わる微《かす》かな振動。マナーモードにした携帯電話を、慌てて取り出す。

発信者の名前が表示されるボディのウインドウを確認する。そこで、相川は悲鳴を上げかけた。そうできなかったのは、驚きが声に勝ち、大きく口を開けたまま息を呑《の》んでしまったためだ。

『小谷チサ子』

鳴り続ける携帯の画面に、その名前が表示されていた。ムームームー。こもったような音は続いていた。ディスプレイから溢れる文字表示の明かり。着信を告げる赤いランプの点滅。強張《こわば》った手が動かなくなる。

――どうしました。

声がして、はっと目の前の現実に引き戻される。見上げる階段の踊り場に彼女が立ち続けていた。

細い手足。内側から発光しているように、太陽を受けた顔がそこだけ生首のように白く浮かび上がって見える。大きな黒い目が、相川をじっと見下ろしていた。

さっきまで口紅も何もつけている形跡がなかった唇が、今は嘘のように赤く艶《つや》やかだ。

「どうしました？　電話ですか、相川さん」

『小谷チサ子』

陽光の中に埃《ほこり》を浮かべた空気に、その名前が散る。振動がまだ続いていた。彼女が一歩、階段を下りる。短く息を呑み、一歩後ろに足を退《ひ》こうとして、だけどその場を動けないことを知る。

「チサちゃん」

やっとのことで、どうにか口を開いた。

「今日、携帯電話は」

「ああ」

夢の中にいるように、ぼんやりとチサ子が呟《つぶや》く。自分の右手と左手を技巧がかった仕草で大儀そうに広げ、空っぽの手のひらを見つめながら首を振った。

「家に、忘れちゃいました」

「ここにかけてきた電話は、どうしたの」

「ああ」

同じ口調で、また首を振る。

「別の電話からかけました」

相川の電話の振動が止み、視界から『小谷チサ子』の名前が消える。踊り場のチサ子が、くすくす笑いながら、小さく回った。

「忘れちゃいました。携帯電話」

薄いシャツ一枚と、短いパンツ。ポケットが膨らんでいるかいないか。わからない。膨らんでいるような気もする。低周波のようなキーンという高い音。電気の通うジー、という、蟬の低い鳴き声のような音がしている。確認しようとする。けれど、それが自分の耳鳴りなのか、本当の蟬の声なのか。わからなかった。

鍵《かぎ》をきちんとかけた。

思い出す。今ならもう、確かに思い出せる。

今日、学校に着いてすぐ、相川は確かに玄関の鍵を内側からかけた。チサ子が訪ねてきたあの時に、開いていたはずがない。鍵を持つのは、日直の担当だけだ。

モロゾフのチーズケーキの白い箱。

電話があってから、やってくるまでの時間。髙島屋とここまでの距離。あれは、電話があってから、今到着する、それぐらいの時間がかかるんじゃないのか。

白い箱。保冷剤を外して、相川に示す。

食べましょうよ。今すぐに。

冷やしてから、と断ると残念そうな顔をして、箱を冷蔵庫にしまう。花子さんの七不思議。花子さんが——。

脈絡なく、だけど頭の中で一つの言葉が弾《はじ》き出される。

——花子さんが「箱」をくれると言っても、もらってはならない。

「先輩、どうしました？」

声が出ない。

まっすぐ、射貫《いぬ》くような強い目線で自分を見つめるチサ子の前から、金縛りにあったように動けなかった。

「音楽室、行きましょうよ」

一階に引き返したい衝動に駆られる。登ってきた階段を振り返った相川を、強い声が呼び止めた。

「私があげた飴《あめ》！」

それまでの調子とまるで違う、腹の奥深くから出されたような有無を言わせぬ声だった。威圧感のある、静かな怒りに震えるような声。ぴしゃりと飛んで、自由を奪う。

「もう、食べました？」

抑揚のない声。蔑《さげす》むように冷たい目線で、彼女が言う。じー、と静かな、蟬のような声がまだ続いていた。

頭の中が、瞬間、真っ白になる。

飴。

飴、舐《な》めますか？

ありがとう。

返事をしたことを覚えている。口の中がカラカラになる。乾燥した頬の内側。そこが、甘ったるい気がしないか。思うと同時に、全身がどっと汗をかく。

わからなかった。思い出せなかった。自分がそれを口にしたのかどうか。どれだけ考えても、思い出せなかった。

——花子さんのくれる食べ物や飲み物を口にすると呪われる。

「一階の階段まで下りても」

コツリ。

また、一歩、チサ子の足が下りる。

「また、三階まで戻される。階段に閉じ込められる。花子さんの呪いは、無限階段の刑です」

飴、食べました？

彼女がもう一度聞いた。

「おいしかったですか」

「まだだ」

はっと思い出し、痙攣《けいれん》するように背を伸ばして胸ポケットを叩《たた》く。安堵《あんど》して、足元から先が崩れていきそうになった。硬い手触りと小さな膨らみが、確かに指にあたる。吐息のような声が漏れた。

食べていない。まだ。

チサ子が静かに、双眸《そうぼう》を歪《ゆが》めた。つまらなそうに、細く閉じた目を相川に向ける。

「そうですか」と。

「それは、良かった」

「階段」

「はい？」

「こんなに、暗かったか」

窓から、昼間の光が確かに差し込んでいる。だけど、さっきまでと明るさの質が違う。視界が暗く感じられる。まだ、夜までは随分間がある。だけど、ふと、嫌な言葉を思い出す。――逢魔《おうま》が時。

行きましょう、と彼女が言った。

ていた。

「最後まで付き合ってください。音楽室に、忘れ物をしたんです」

くるりと踵《きびす》を返し、再び階段を登り始める。その後ろ姿を見つめながら、相川は胸ポケットを握る手に力を込めた。その指の震えを、もうはっきりと止められなくなっていた。

心臓の上に載る、飴の感触。

花子さんは——。

花子さんは、学校のことならば、何でも知っている。

——見てましたよ、全部。ここから。

唾《つば》を飲み込むと、その感覚が重たい。汗が止まらなかった。すぐにも引き返したいのに、目の前の『チサ子』の背中がそれを許さなかった。

震える指で、携帯電話の着信履歴を呼び出す。『小谷チサ子』。

相手は、出なかった。

冷静になれ、と自分に言い聞かせる。手の中に握り締めた指し棒は、もう汗に濡《ぬ》れて滑り落ちそうだ。

だって、こんなことがあるわけがない。チサ子の携帯。彼女はきっと誰かに頼むか何かして、それで——。

「何してるんですか」

『チサ子』が階段の上から呼ぶ。恐ろしく冷たい目が相川を見下ろしていた。

「私は、ここですよ」

(五)

何故かを考えた。

何故、今、「花子さん」が相川の前に現れなければならないのか。怪談話では、確か小さな子どもの姿をしているはずだ。

バカげてる。

笑い出しそうになる。だけど、笑い飛ばしてしまうことまではできなかった。必然性もなければ、目的もわからない。

すぐにでも問いただしたい衝動に駆られる。しかし、それをやってもいいものなのか。

何しろ彼女は、一度たりとも核心をつかないのだ。連れて行かれる音楽室に何が待つのか。そこに――、自分は行ってはならないのではないか。

「音楽室には、手紙だけを忘れたの？」

先を歩く彼女に尋ねる。

階段が終わる。

三階に辿《たど》り着いたチサ子が相川を見つめた。もう一歩たりとも、彼女と距離を詰めたくなかった。彼女の白い肌の表面から冷気が発しているのが見えるようだった。摑《つか》んだら火傷《やけど》する、ドライアイスのような白い冷気。

「さっきの話は冗談じゃないよ。手紙は、もう、子どもたちにとっくに見つかっているかもしれない」

「――中に入れたから、大丈夫だと思います。そのまま、あることを祈ります」

「中に？」

箱、という言葉を思い出した。思った瞬間にまた、ぎくりと背筋が伸びる。

花子さんの箱。

「手紙、中に入れました」

それきり、顔をふいっと前に向けてしまう。相川を置いて、音楽室へと歩いていく。

ドアの前で足を止め、振り返った。手をかざして言う。

開けてください。

「手紙は、音楽準備室の棚の上です」

「――わかった」

チサ子の小柄な身体が、果たしてそこまで届くだろうか。取ってください、そう、自分に命じるところが簡単に想像できた。喉《のど》が絞め上げられる思いがする。それに手を伸ばし、触れることは果たして「もらう」ことになるのか。

――花子さんが「箱」をくれると言っても、もらってはならない。

鍵《かぎ》を開ける。

汗ばんだ手に鍵の、金属の臭いが染み込んでいくのがわかる。ぎこちなく、不器用にまわす。カチャリという音が廊下に響いた。ドアを開ける。

「ありがとうございます」

ドアの前に立つ相川の横を、チサ子が通り過ぎる。目を伏せた。中の光景を見まい、と心に誓う。彼女が箱を取ってくれと言っても、絶対に引き受けない。何も見ない。

彼女の箱は、もらわない。

それは、とてもバカげた、非現実的な考えだ。だけど、だからこそ、「もらわない」ことぐらい、してもいいだろう？

チサ子が棚の前に立つ気配があった。相川のことは呼ばない。黙ったまま、予《あらかじ》め決まっていたかのように、手際よく部屋の隅にある椅子を持ってくる。それを台にして、手を伸ばした。

その時間が、とても長く感じられた。やがて、彼女が言った。

「ありました」

その声に、相川は顔を上げてしまった。思わずそうしてしまった後で、慌ててまた俯《うつむ》き直す。と、視界が何かを見た。はっとして再び顔を上げる。

黄色。

一瞬、感電死——こじつけられた子どもの発案が頭を掠《かす》め、だけど、次の瞬間に拍子抜けした。肩から力が抜け、ようやくほっと息をする。

「何だ、それ」と呟《つぶや》いた。

「手紙は？」

「ありますよ。ここに挟んだんです。良かった、無事に見つかりました」

黄色い本の分厚いページの間から、チサ子が折り畳まれた手紙らしき紙片を取り出す。

本のタイトルは、『モモ』とあった。

チサ子が本の中に手紙を戻す。

(六)

音楽室のドアを閉じ、階段まで戻る間、チサ子も相川も一言も口を利かなかった。肝心な部分だけには絶対に触れないという、不文律。先にこらえきれなくなったのは、やはり相川の方だった。

「――どうして、こんなことをするんだ」

声に、チサ子が顔を上げた。本を片手に、間髪を容《い》れずに尋ね返す。

「こんなこと、とは?」

「怖がらせたいのか? 花子さんのふりだよ」

「ふり?」

首を傾げるその様子に、彼女のいつもの快活さはなかった。緩慢な仕草を演じる態度に、頭に血が上る。

「何のつもりなんだ？　お前、今日は変だぞ」

「そうですか」

「そうですか、じゃないだろう。はぐらかすなよ」

声を荒らげる。チサ子が笑った。かわすように、軽やかな声で。

「相川さん、どうしたんですか。おかしいですよ」

「青井さゆりから何を聞いたか知らない。だけど、それは言いがかりだ」

チサ子が笑うのをピタリとやめた。

「言いがかりですか」

落ち着いた声が言った。

「さゆりちゃんからは、何も聞いていません。さっき言った通りです」

「やめにしないか、もうそういうの。何か証拠があるのか？　鎌をかけるのも、大概にしろよ」

声が怒りにわないていく。

何もなかったはずだ。青井さゆりは従順だった。嫌われまい、嫌われまいとして、縋《すが》るように必死な目で相川を見ていた。声も上げず、背中を丸めて。

「何が花子さんだよ。俺には、幽霊に遭わなきゃならない謂《いわ》れなんかない。しかも、それがお前の姿だなんて、自分でもナンセンスだと思わないか。何の必然性もない。そんなルール、七不思議の中にだってないだろう？」

「ねぇ、先輩」

チサ子が言った。恐ろしく、静かで透明感に満ちた、電子音のような声だった。本当に、彼女のものではないような。

それが喉から出たものと、一瞬、本当にわからなかった。

彼女が笑った。艶《つや》やかに赤い唇を左右に吊《つ》り上げ、目が半月形に笑う。電子音のような声が、さらにさらに幼く、変化していく。

日が傾いた。廊下が暗く、雲に覆われるように色を失う。ぞっと、鳥肌が立った。

「さゆりちゃんは私にこれをくれたの」

手にした本を掲げて見せる。

声は、完全に少女のようだった。どこから声が出ているのかわからない。

「私の欲しいものを、くれた。何か、してあげなきゃならなかったのに、それを聞く前に、いなくなっちゃった。私、見たのよ」

首を大きくがくんと振って、踊り場を示す。つられて顔を向けた相川に、『彼女』が言った。

「さゆりちゃんは逃げていた。相川英樹先生から、必死になって、逃げて」

「うるさい！」

「ここから突き落とされて、そして死んだのよ！」

「やめろ！」

叫んで、『彼女』に詰め寄る。彼女は動かなかった。よけもしなかった。相川に身体を掴まれたまま、されるがままに揺れる。けれど、その顔はまだ笑っていた。

——ねぇ、先生。

先輩とも、相川さんとも、もう呼ばない。彼女の口から、笑い声がゲラゲラと尾を引いて流れ出す。

「花子さんなんて関係ない？　本当に？　呼び出したことなんかない？」

頰がひくりと震える。彼女の声がヒステリックに高くなっていく。「私の不思議、先生、間違ってるわ」と。

彼女の首を揺らす手が止まる。咳《せ》き込むように激しい笑い声が、耳障りに続いていた。

「花子さんに会いたければ、花子さんの棲《す》む階段を、心の底から一生懸命掃除すること」

彼女の白く濁った目が見開かれて、相川を嘲笑《あざわら》うように見つめる。

「だから、私が来た」

彼女が言った。

「ただ、掃除するだけじゃダメなのよ。知ってる？　心の底から、一生懸命に、切実に、逃げ場のない気持ちできれいに掃除した人のところにだけ、私は現れる。一人で俯いて、毎日、先生に怯《おび》えながらここを拭《ふ》いていた青井さゆりちゃんのところにも、あなたのところにも」

相川は目を見開いた。彼女の首を摑《つか》んだ手の力が緩む。

「あなたは、きれいにしてくれた」

支えられる力を失って、彼女がよろけながら相川を見つめた。乱れた髪の間から哀れむような目線がこちらに注がれる。相川は答えられなかった。肌が粟立《あわだ》ち、気持ちが戦慄《せんりつ》する。

「さゆりちゃんの血が流れた床を、元通り、きれいになるように何度も何度もこすって磨いた。切実に、心の底から、一生懸命」

「そんなつもりじゃ……」

息を吞《の》み込み、頭を抱える。手に持っていた金属の指し棒が転がり、かつん、かつん、と音を立てながら階段を落ちていく。その下の、踊り場を見た。

流れ出た、赤黒い血。長い悲鳴が耳に蘇《よみがえ》る。そんなつもりじゃなかった。初めから、そんなつもりじゃなかった。

床に手をつき、階段を見ると残像が重なるようだった。後ろ向きに落ちていく身体。しかし、これは捏造《ねつぞう》された後付けの記憶に過ぎない。そんなものは見なかった。すべては一瞬で、瞬《まばた》きするほどの時間しかなかった。気が付くと、見下ろした踊り場に、すでに彼女が横たわっていた。激しく痙攣《けいれん》し、左右に身体が揺れ、それから、呆気《あっけ》ないほどの唐突さでその震えがやむ。それを見ただけだ。

「ありがとう」という声が、背後から聞こえた。

胸の鼓動がどくりと跳ね上がる。振り返ると、『彼女』が青ざめた顔に冴《さ》え冴えとした笑みを浮かべて立っていた。その顔が徐々に相川の顔を見上げていく。

ひっと、短い声が、相川の喉《のど》から洩《も》れた。

目の前で自分を見つめる彼女の顔が、どこかあの日の青井さゆりと似ていた。少女のような高い声が告げる。

「きれいにしてくれて。——あたしが聞いたの覚えてる?」

花子さんの質問に

「あたし、あなたに聞いた。『さゆりちゃん、どうしてあんなことになっちゃったんでしょう』。あなたは答えた。『わからないけど』」

どくどくと、胸が打つ音がすぐ近くに聞こえる。

——嘘を吐くと呪われる。

「本当に、そうならいいの。本当にわからないなら。あれが嘘でないのなら。だけど、もし、知ってたら」

ふふ、ふふふふ、鼻と口から大きく息を洩らす。なりふり構うことなく、彼女の顔が醜く歪《ゆが》んでいく。

ねぇ、ねぇ、ねぇ、先生。ねぇ。

花子さんの与える罰は、無限階段。

膝《ひざ》から力が抜ける。

状況に認識が追いついた。彼女が言った。知っていると。見ていたと。ここで、すべてを——。

「事故、……だっただろう？」

相川の喉の奥から、呟《つぶや》きが洩れた。ひどい声だった。我ながら、上ずって高い、ひどい声だった。一つ声を吐き出すと、一気に止まらなくなった。だってあれは事故だった。

彼女の笑い声がやんでいた。気心の知れない、張りついたような笑みを浮かべるだけ。無感動に、相川を見つめている。「なぁ」彼女に詰め寄り、腕を取る。恐ろしく冷たく感じられる。悲鳴を上げそうになる。

縋《すが》るように呼びかけた。

「知ってるなら、見てたならわかるだろう？　あれは事故だった。話を――、話をしようとしただけなんだ。さゆりは勝手に落ちたんだ」

怯えたように自分を見上げる、青井さゆり。

苛《いら》立《だ》ちに任せて、最初に彼女の腹を蹴《け》った時にすっと気分が晴れたこと。膨らみなどほとんどない胸や尻《しり》を揉《も》むと、低く声を上げた。ぎゅっと目を閉じ、相川の手にされるがまま――。あれは虐待なんかじゃない。さゆりだって、自分にそうされることを心のどこかでは喜んでいたはずだ。だからこそ、受け入れた。

あの日、何故、急に逃げ出したのか。そっちの方が、相川にはわからない。走るさゆりの足が縺《もつ》れ、そして――。

「俺の、せいじゃない」

黙ったまま、『彼女』は答えない。ふいに、彼女の顔と右手が相川の腕の中に沈んだ。完全に表情が見えなくなった一瞬の後に、その肩が微《かす》かに震え始める。最初は、本当に微かに。やがて、発作でも起こすように大きく。

何事か。慌てて顔を覗《のぞ》きこんだ相川は、そこで言葉を失った。

彼女の額の上に、赤い線が引かれていた。まるで、歪んだ傷跡が浮き出てきたかのように。彼女の唇のように、真っ赤ではっきりとした、一本の線。

彼女は笑っていた。

目を大きく見開き、瞬き一つせずに、天井を振り仰いで、笑い出していた。肩の震えに比例して、大きく階段に降り注ぐように声が広がっていく。空気が螺旋《らせん》状に渦を巻くのが見えるような、甲高い、歌うような声だった。

あはははははははは、あはははははははははははははははははははははは。

息継ぎ一つせずに狂ったように笑う。見開いた目の焦点が合っていないことを見て取って、相川は乱暴にその顔を揺り動かし、叫んだ。額に見える傷跡が、恐ろしかった。

——嘘を吐くと呪われる。

この声は、届いているのか。もう、後には退《ひ》けなかった。

「知ってる。質問の答えを変える。どうしてあんなことになったか、知ってる。青井さゆりは、ここで、俺といて、そして落ちた。——聞けよ！　頼むから、聞いてくれよ」

腕の中の女が恐ろしかった。単調に声を吐き出す機械のように、相川の声がもう届かない。

頭が動き、髪の毛のざらついた感触が腕に触れる。ぎゃっと叫んで、相川は彼女を突き飛ばした。衝撃とともに、彼女の身体が床に崩れ落ちる。それでもなお、声はやまなかった。白い首をこちらに見せながら、彼女の手足がバタバタと動き、身体を回して、ぎょろりと剝《む》かれた目が、まだ相川を捜して動いていた。

彼女が言った。床から、相川を見上げたまま。ああ。

ああ。言っちゃった。

無限階段。

目を閉じ、首を振る。

無人の校舎に、自分の悲鳴と、女の笑い声が反響する。笑い声は、最早《もはや》ガラスを引っかくような擦り切れた音になりつつある。

相川は階段を駆け下りた。

頭をかきむしる。

二階に下り、踊り場を通り、一階に繋《つな》がる最後の階段の前に出る。彼女の笑い声は、もうかなり離れた。目を、きつく閉じた。

「わぁぁぁぁぁぁぁぁぁぁぁぁぁぁ……！」

叫びながら、一気に最後の一段を駆け下りる。

頭上から降り注ぐ笑い声。あはははは、あはははは。その声が、耳に遠くなり――。

目を開ける。呆然《ぼうぜん》と、目を開ける。

相川は息を止めた。

微かに聞こえていた、蟬が押し殺して鳴くようなじーっという音がやみ、代わりに上から、銃弾を装塡《そうてん》する時のようなカチリという音が響いた。ひどく機械的な、乾いた音が。

もう一度、声が聞こえた。もう、笑っていない。

あーあ、先輩。言っちゃった。

正面に、階段。

# ブランコをこぐ足

口笛は何故、遠くまで聞こえるの。
あの雲は何故、私を待ってるの。教えて、おじいさん。教えて、おじいさん。
教えて、アルムのもみの木よ。

世界名作劇場の『アルプスの少女ハイジ』で、歌とともにハイジがブランコをこぐ。美しい山々をバックに明るく歌って、大きく大きく、前後にブランコを揺り動かす。ロープの長さ、空に体が振られた時の最大角度、それに乗るハイジの体重など、その時のアニメの映像を大真面目に分析すると、ハイジの乗るあのブランコの最高速度は、その時、時速六十キロを超えているのだという。振り落とされれば、六階建ての建物から飛び降りた時と同じ衝撃に見舞われる。
危ないよ、ハイジ。どうしてそんなに笑顔で歌っていられるの？　教えて、おじいさん。

そんな、ちょっと意地が悪い話がある。

では、倉崎《くらさき》みのり（小学五年生、十一歳）を襲った衝撃は、時速何キロの、どの程度のものだったのだろう。


すぐ横でブランコに乗っていた彼女のクラスメート篠塚《しのづか》佳織《かおり》は、揺れるブランコをぼんやりと眺めていた。何度も何度も立ったり座ったりを繰り返しながらそれをこぐみのりの足、上がっていくスピード。高く舞い上がるブランコと鎖。そのうち、速度を上げることにも厭《あ》きて、やがてみのりはこぐのをやめるはずだ。段々とスピードも緩まり、座って、足を地面につける。そうやってブレーキをかける。

予想していたのに、そうはならなかった。ますます速度を上げる。次の瞬間だった。ブランコが前に振れた一瞬に、ふわっと座席から彼女の身体が浮かび上がった。

佳織がそれに気付いたのは、自分の横に、誰の姿も乗せない空っぽなブランコが急に勢いを失って戻ってきたからだった。と同時に、安全用に設けられたブランコの前の柵《さく》の向こう、ドサリという落下音を聞く。

ぶらんぶらん、と拍子抜けしたように軽くなったブランコが、横で揺れ続けていた。

「みりちゃん！」

倒れたみのりは、正面から落ちた。全身を、特に頭を強く打ち、投げ出された右腕が通常はそんなところまで曲がらないという位置まで外側に曲がっていた。反対側の左腕は手首が完全に内側を向いた状態で、ぺったりと地面に甲をつけて折れていた。擦りむいた足と腕、皮膚から滲《にじ》む血がじわじわと広がる。うつ伏せなので、表情は見えなかった。頬《ほ》っぺたに砂がついている。それをみとめたと同時に、顔の位置から地面に赤黒い染みが広がり出す。

校庭は騒然となった。みのりは教師と養護教諭の手によってすぐにその場に起こされたが、その時にはもう、完全に意識がなかった。病院に搬送され、一晩をＩＣＵで過ごし、翌朝、息を引き取った。

不幸な事故。少女の命を奪った悲劇。学校側の安全管理、監督責任の問題。ニュースは、それからしばらく世間を騒がせた。

校庭の片隅、そこに下がっていたブランコは二つとも撤去され、あとにはペンキがまだ塗り替えられたばかりの赤い支柱の鉄の棒と、柵だけが残った。辺りに立ち込めるニスとペンキの臭い。触ればまだ柔らかく、表面がへこみそうに思えるぐらい。

◇

テレビで言われる『小学五年生の女児』が、あの三組のみりちゃんを指すなんて本当に不思議だと、五年一組の松田茜《まつだあかね》は思った。みりちゃんとは保育園が一緒だったけど、小学校に入ってからは一度も同じクラスになったことがなかったし、委員会も部活動も全部違っていた。保育園の頃はそこそこ仲がよかったけど、住んでる地区も違ったから、段々と喋《しゃべ》る機会も減っていた。

テレビに、校庭の血が映る。

土の上についた小さな黒い染み。血は赤いはずだけど、ブラウン管越しに見るそれは黒かこげ茶のように見えた。それとも地面に吸い込まれちゃうと、こんな風になるのだろうか。実際のその校庭の様子は、先生たちが立ち入り禁止にしたせいで、茜は見ていない。後で砂場から新しい土を運んできて、かぶせてきれいにした、と聞いていた。今はもう染みがないのに、テレビにはまだそれが映ってるなんて何だか変なの、と思った。

「おはよう」

みりちゃんが死んで一週間が経った。茜がいつも一緒に学校に行くキリエはみりちゃんと同じ三組だ。沈んだ顔をしている彼女と学校まで歩いていく途中、話題は自然とみりちゃんとブランコのことになった。

「ブランコ、危ないからって公園からも消えちゃったね」

「うん」

俯《うつむ》くキリエ。今、三組のみりちゃんの机の上には花瓶の花が置かれている。

みりちゃんは、頭がいい子だった。保育園までの、茜が一番よく覚えている時でさえそうだった。誰といつ、どんな遊びをしたか。先生がこの間何の話をしたか。テレビで見たアニメとか、読んでもらった本とか、そういう細かいことも絶対に忘れない。勉強もよくできて、特別塾に通っているわけでもないのに、テストは毎回百点満点。自由研究だって、感想文だって、図画の絵だって、誰よりもうまくて一等賞を取る。

そしてその逆で運動神経の方は悪い。どうしてってって思うくらい。バレーでボールが自分の方に来ても動けないし、バスケでパスが回ってきても、困ったように、早く自分の胸からボールを手放したくて仕方ないって感じで、無理な方向にパスを出したりする。それか、敵チームに取られちゃうか。

ごめんね、私がいるから負けるんだよね。

自分でもそれがわかってるみたいで、半べそかいてチームメートにそう言ってるところを見たことがある。あれ、去年の秋の球技大会の時だ。

真っ黒いストレートの長い髪。みりちゃんはせっかくのそれを、去年まではいつも単なる一つしばりにしてた。ヘアアクセサリーもつけないし、ゴムも黒や茶色で色がない。もったいないなって思っていた。

みりちゃんは、髪が長いせいか、その頃からちょっとミステリアスな雰囲気があった。

今年になってから、その一つしばりをといて、髪を垂らしてカチューシャやヘアバンドをするようになって、随分感じが変わった。三組の前の廊下でみりちゃんを見かけて、驚いたことがある。あの子は、「きゃははは」って笑ってた。友達と、楽しそうに。楽しいことをみんなに知って欲しい、見て欲しいっていうように、大きくて高い声で。「やだぁ、佳織」って、他のみんなは「ちゃん」付けで呼んでる佳織ちゃんの肩を叩《たた》くみりちゃんは、それまで茜が知ってたあの子とは別人みたいに見えたことを覚えている。

〈倉崎みのりのクラスメート、小幡《おばた》キリエの話〉

「クラスの人気者になる条件の一番は、運動神経がよくてかっこいいことだと思うんだよね。頭がいいことって、みんなあんまり興味ないっていうか。私も、スポーツ万能なのか、天才なのか、どっちか一つだけもらえるって言われたら、悩むけど、スポーツ万能取ると思う」

語り出すキリエは、クラスメートだといってもそこまでみりちゃんと仲が良かったわけではないらしい。落ち込んでたし、ショックだったと思うけど、みりちゃんが死んだ三日後に全校集会があった時には、もう完全にいつもみたいに喋れるようになっていた。

「だからみりちゃん、クラスで一番頭良かったけど、地味だったんだよね。去年まではもう全然目立たなくて、班替えの時も最後の方まで余っちゃうし。いい人となれることなんて、ほとんどなかったんだよ」

キリエがここで言う『いい人』とは、スポーツ万能の子たちや、明るく発言するクラス委員、ユーモアがあってひょうきんな男の子など、クラスの人気者たちを指す。

「だけど、今は佳織ちゃんと親友だし、班もユリちゃんや大輔《だいすけ》くんたちと一緒になれるようになってたからさ。なんか——」

『親友』って言葉を使うのが、最近学校で流行《はや》ってる。他の友達は『友達』だけど、特別な一人にだけは使う言葉『親友』。最初に誰かが使い始めてすぐ、みんな早い者勝ちみたいにして自分の『親友』を決めた。

みりちゃんの『親友』佳織ちゃんは、華やかな子で、目が大きく顔が小さくて、持ってるものだっておしゃれでかわいい。運動神経もよくて、球技大会の時、三組のリーダーはあの子だった。

「佳織ちゃんたちと仲良くなったこと、喜んでたし、自慢してた。そこのグループの中でも、なんか中心みたいになって、私もみりちゃんから『クラス二つに分けて、上の方か下の方かって決めるとしたら、私、下の方じゃないよね？』って聞かれたことある」

『上の方』と『下の方』。判断基準は、何となくわかる。そういう言葉を使う意味とか、キリエにそんなことを確認する意味も。

「佳織ちゃんの前は、坂田《さかた》さんと親友だったんだけど、もうそんなの嘘だったみたいになったなぁ。坂田さん、佳織ちゃんやみりちゃんたちからハブにされたって、今年の最初、泣いちゃったことがあったよ」

〈倉崎みのりの去年までの『親友』、坂田美和《みわ》の話〉

坂田さんは、みりちゃんとは保育園の頃からの『親友』だ。小学校になってからもずっと同じクラスで、離れたことがなかった。

「みりちゃんとは家が近くだったし、お母さん同士も仲が良かったから、ずっと一緒に遊んでたんだ。五年生になってからは、班も違うようになっちゃったし、みりちゃんは佳織ちゃんたちと仲良くしてたから、あんまり一緒に帰ったりしなくなったけど。去年は、ほとんど毎日、一緒に帰ってた」

坂田さんはぐったりと、疲れた顔をしていた。もともとそんなに元気な子じゃなかったけど、みりちゃんがいなくなってからは特にそうだった。顔が真っ青で、いつもかけてる黒ぶち眼鏡の奥の目もずっと真っ赤に腫《は》れ続けている。

「みりちゃんを、佳織ちゃんたちに取られちゃった」

それは去年の中頃から始まったらしい。それまで『全然目立たなかった』みりちゃんが、どんどんどん、クラスの人気者たちと仲良くなっていく。坂田さんが一緒に帰ろうって誘っても、「佳織ちゃんたちと放課後遊ぶから」と断る。休み時間も、常に佳織ちゃんたちと一緒。チャイムが鳴って授業が終わると、いつの間にか、教室からその子たちの姿が消えている。

「図工室とか、体育倉庫とか。使ってなくて誰もいない部屋を探して、そこで何かして遊んでるみたいだった。何してるの？　って聞いても『え、別に』って答えるだけ。佳織ちゃんたちが、『秘密だからね』って、みりちゃんに口止めしてるのも見た。坂田さんにも言っちゃダメだよって」

名指しで仲間外れにされたことを、坂田さんは相当怒っているように見えた。唇を尖《とが》らせて言う。

「だけど、そんなことすぐ噂になって、だからわかっちゃうのに。あの子たち、『コックリさん』やってた。十円玉をのっけるのに使う、『あいうえお、かきくけこ』とかがいっぱい書いてある紙、あれ、大輔くんが授業中ノートの下に隠しながら書いてるの、私見たんだから」

知ってるんだから。分厚い眼鏡のレンズ越し、疲れたような赤い目が不機嫌そうに歪《ゆが》んだ。

〈その頃からよくみのりと遊ぶようになっていたひとり、石田《いしだ》大輔の話〉

「違ぇよ。『コックリさん』じゃなくて、『キューピッド様』だよ。『コックリさん』は悪い霊を呼んじゃうんだけど、『キューピッド様』はきちんとしたいい霊なの」

『狐狗狸《こっくり》』と書いて『コックリ』。何人かで、文字や数字をあらかじめ書いた文字盤を囲み、その中央に鳥居を描く。十円玉をそこに置き、上に指をのせる。そして、幽霊を呼び出す。指が動き出し、十円玉が文字の上をぐるぐる動く。知りたいことを聞いて、答えてもらう。

それが『コックリさん』。

「違ぇよ、ほら」

大輔が、実際に使ってたという文字盤を見せてくれる。「な？」と顔を覗《のぞ》きこむ。

「鳥居じゃなくて、真ん中に描いてあんのはハートだし、だいたい、『コックリさん』は危険だから、どっかの学校じゃ禁止されてるくらいなんだって。呪われると『キツネツキ』になったり、文字盤がないのに、勝手に手がぐるぐる動いたりするようになるんだって」

怖くねぇ？

「だけど、『キューピッド様』はいい霊しか来ないから呪われなくて安全だし、あと俺らが聞きたいことって、誰かの好きな人とか、そういうのが多いから、それって

『キューピッド様』の方が正確に答えてくれるんだよ。レンアイのカミ様なんだって。

――そーいや、誰が最初に始めたんだっけなぁ。確か、佳織ちゃんかユリのお姉ちゃんが中学にいて、そこから聞いてきた。自分の好きな男子の好きな女子が知りたいからって、あいつらに誘われて、面白そうだから俺も仲間に入った。最初のうちは、何回やっても来なかったけど」

『キューピッド様、キューピッド様。おいでください』

何度呪文《じゅもん》を唱えても、ぴくりとも動かない十円玉。おっかしいなぁ、もう一度。肩から力を抜いて、再チャレンジ。だけど、結果は同じだ。

『『うちら、霊感が足りないのかも』って、佳織ちゃんが言って、じゃ、クラスの中で誰か霊感が強そうなやつ探して、やってもらおうってことになった。佳織ちゃん、あいつ、ほらさ」

大輔が言葉を濁す。

佳織ちゃんが一組の藤堂《とうどう》くんと付き合ってることを言いたいのだろう。二人は幼馴《おさな》染《じ》みで、保育園の頃から、誰が見ても両思いっていう感じだった。今年になってから、とうとう佳織ちゃんの方が告白して、それを藤堂くんがオッケーしたのだ。うちらの年で付き合うとか、そんなのテレビドラマみたいで、なんか想像できない。そう思うけど、一緒に帰ったり、日曜日に映画を観に行ったりしている。実際見かけたこともあるし、噂でも聞く。

「藤堂のこと知りたくて、だから誰かに頼みたかったんだよ。みりちゃん、こう言ったらアレだけど、マジメで暗かったじゃん？　ユリがふざけてさ。『みりちゃん、あの子、なんか霊感とかありそう』って」

その時のユリちゃんの口ぶりを真似たのだろう。大輔の声が、含み笑うような、どこかバカにした感じになった。一瞬後で、自分がそうしたことに気付いて「あ」と短い声をはさみ、気まずそうに表情を作り変えた。

「だけど、本当にそうだったんだよ。十円玉、するする動いた。『キューピッド様』来たんだ。それから毎日、みりちゃん誘った。霊感とかハチョウとか、そういうのって大事なんだって。呼び出すの、毎回みりちゃんにやってもらった」

藤堂くんと、付き合いたいんですけど、うまくいきますか？

佳織ちゃんが尋ねる。ぐるぐる回る十円玉。文字盤の『Ｙｅｓ』と『Ｎｏ』の表示の真ん中を行ったり来たりして、それから、意を決したようにすっと動く。『Ｙｅｓ』『Ｙｅｓ』『Ｙｅｓ』。

佳織ちゃんが目を瞬《しばたた》いて身を乗り出す。追加して尋ねる。いつ、告白すればいいですか。

文字の上を、十円玉が滑る。『す』『ぐ』『に』『て』『も』。文字盤にあるのは、清音の表記だけだ。読み替える。『すぐにでも』。

「藤堂とうまくいって、佳織ちゃんがすごく喜んだんだ。みりちゃんは親友だし、いろんなこと知ってて面白いって。全然、暗くないじゃんって、班替えにも誘うようになった。——俺も思った」

ぽつりと、呟《つぶや》くように大輔が言う。

「みりちゃん、話してて楽しかったのに。『キューピッド様』の話じゃなくてもさ。俺、みりちゃんからいろいろ聞くの、好きだったよ」


〈『キューピッド様』の遊びにみのりを誘った、長沢《ながさわ》ユリの告白〉

みりちゃんが死んですぐにあった全校集会の時に、ユリちゃんは三組の女子に取り囲まれて大泣きしていた。普段は、佳織ちゃんとみりちゃんと、三人でいるのが普通だったらしいけど、みりちゃんはあんなことになっちゃって、その時横にいた佳織ちゃんの方も、そのショックで学校に来なくなっていた。

「みりちゃん、呪われちゃったんだよ」

ユリちゃんがそう言っているという噂が広まっていた。

「あんなことしちゃ、いけなかったんだよ。みりちゃんのあれ、事故じゃない」

どうしよう。本当にどうしよう。怖い。

『今日は悲しい報告をしなければなりません。――皆さんのお友達が、校庭のブランコをこいでいる最中に不注意で』

校長先生が集会で言ったような『不注意』なんかじゃ絶対ない。そう言って泣く。

「みりちゃんは、『キューピッド様』を怒らせて、それで殺されちゃったんです。本当なんです。あの子、呪われちゃった」

〈倉崎みのりがブランコから転落する瞬間を目撃した、六年生・田中久司《たなかひさし》の証言〉

「勢いをつけて、とにかく思いっきり、ブランコをこいでるなって思ってた」

事故の当時は、クラスメートとそのすぐ近く、グラウンドの真ん中でサッカーをしていたという。『ちょっと、きゅーけー』友達同士呼びかけて、ゲームを一旦《いったん》中断していた時の出来事だった。

「俺も、四年の頃まではあのブランコよく乗ったなぁ。二人乗りして、一人が座って、一人が後ろに立って、みたいな。思いっきりやるとけっこうスカッとすんだ、あれ。上にあんまり行き過ぎるとガッタンって揺れて、身体が超、ふわっとなる。変な感じするんだけど、一回やると、それ、超怖くてスリルあっていい。だけどコツがいるから、クラスでもそれができるやつって、二、三人だけど」

六年の中だと、俺と武内《たけうち》かな。そう言ってから、

「コツ？　とにかく怖がらないこと。限界ギリギリまで絶対にこぎ続けること。みんな、途中でビビってやめるけど、俺とか武内みたいなヤツはやめないんだ。座って乗ってるヤツも気持ちいいから、三、四年の時は後ろに乗ってあれやって欲しいって、休み時間とか放課後のたびに言われた。俺らがやると容赦《ようしゃ》ないから」

自慢気に笑う。事故のあった日のみりちゃんのブランコについては「すげぇ、高かった」と教えてくれた。

「昔、立ち乗りとか二人乗りとか始める前、低学年の時によく、『勇気だめし』やったけど、あれ、久々に思い出した。いけるとこまでギュンギュンこいで、飛び降りる。誰が一番遠くに着地するか、競争すんだけど――」

女子の間でも昔、靴飛ばしが流行《はや》ったことがあるけど、男子は靴だけじゃなくて、

自分自身が飛ぶ。

そして、男子でも、みりちゃんみたいに、ブランコの柵《さく》のあんなに向こうまで飛んでしまうことなんて絶対になかった、と経験を語る。

「あそこまで勢いついちゃったら、さすがに飛ぶのやめるなって位置だった。今がスピードのマックス。多分、こっからはまた、足ついてゆっくりになんだろうなって思ってたら、いきなり」

その時の光景を頭の中で再現するように、宙を見つめながら続ける。

「スコンって、感じだった。野球でボール打った後に、勢いでバットを振りぬく時みたいな。ぶわっと身体が浮いて、そのまま前に飛んだんだ」

その時のみりちゃんは、座った姿勢からそうなった。

「その直前まで立ってぐいぐいこいでたみたいだけど、そん時は間違いなく座ってた。尻《しり》がブランコから離れるとこ、俺はっきり見たもん」

〈その時一緒にサッカーをしていて、同じく転落を目撃した武内ツトムの証言〉

「久司はああいうけど、別にそんな力込めて大きく飛んだような感じはなかったけどなぁ」

彼は「もっと、軽い感じ」と答えた。

「誰か、目に見えない相手にふわっと背中押されたみたいに見えた。ぐいぐいこいでたけど、ちっちゃい子がブランコ乗ってる時、大人が後ろから背中押すことあるでしょ？あんな感じに、押し出されたって感じに見えたけど。

——え、幽霊の噂？　何、それ」


〈倉崎みのりが幽霊に呪い殺されたと主張する、長沢ユリの話〉


先生たちに一通り全部話して、それで気持ちが少し楽になったというユリちゃんは、けれど、先生や自分のお父さん、お母さん、大人たちから、もうこれ以上はそんなことを言うもんじゃない、と言われているらしい。

それまで明るく、本当にお喋《しゃべ》りだったのに、口調が重かった。

「『キューピッド様』だって、結局は『コックリさん』と同じなんだって、お姉ちゃんが友達から聞いてきて、教えてくれた。あれで来るのは『浮遊霊』で、それがいい霊の時も悪い霊の時もあるから、本当は危険だったんだって。——もう、遅いよ」

『浮遊霊』、『地縛霊』、『守護霊』。幽霊の種類について、ぽつりぽつりとユリちゃんが説明する。本当はユリちゃんだってよくわかっていないのだろうけど、とにかく、みりちゃんが『キューピッド様』で呼び出したのは悪い霊、ということらしかった。

生まれつきちょっと茶色くて、天然パーマも入った髪の毛。それをピンできれいに留めてるユリちゃんの目が、テレビで見る犬のチワワみたいに潤む。

「毎回毎回、『キューピッド様』をする時は違う霊が来るんだけど、みりちゃんの死んじゃう前の日にやった『キューピッド様』はなかなか帰ってくれなかったんだ。ルールがあって、帰ってもらう時には絶対、『キューピッド様、ありがとうございました。お離れください』って言って帰ってもらうんだけど。それで、『Yes』の方に十円玉が行って、真ん中のハートに戻るの」

唇を噛《か》んで、目には相変わらず涙をためながらユリちゃんが俯《うつむ》く。

「そうしないと、呪われちゃうって言われてるのに。みりちゃん、あの日、変だった。終わるまで、絶対に十円から手を放しちゃダメだって、いつもいつもきちんと注意してたのに、最後、『キューピッド様』に帰ってもらう時になったら急に泣き出した」

もう嫌だ。どうして？

そう叫んで。

「みんなでびっくりしてたら、みりちゃんがそのままぱっと十円から手を放しちゃったんだ。ほんとに急だったから、誰も止められなかった。みりちゃん、多分、あの時から呪われちゃったんだと思う。

何で手ぇ放したの？ どうして泣いたの？ って、泣き止んでから聞いても、みりちゃんは『わかんない、わかんない』っていうだけだった。コンランしてて、うちらが『このままじゃ呪われちゃう』って、怖くなって相談してるのに、その中に入ってこなかった。さっきと同じ『キューピッド様』をどうにかして呼び出して謝ろうよってことになったんだけど、それからはもう、何度やっても、十円玉が動かなかった。誰もこなかった」

呼び出す時に『おいでください』、帰ってもらう時には『お離れください』。『キューピッド様』に纏《まつ》わるルールには、後始末に関するものもあるのだという。

「使った十円玉は、その日のうちに近くの神社のお賽銭《さいせん》にするの。いつもは、みりちゃんと佳織ちゃんが帰る方向に神社があるから、そこに二人がお参りに寄ってた。その日は、佳織ちゃん、藤堂くんと帰る約束があったから、みりちゃんが一人で」

誰もついていかなかったのだという。ユリちゃんはその点に関しては、後ろめたい様子も気まずい様子も見せることがなかった。「塾の日だったし、帰る方向、違うもん」そして続けた。

「だけど、みりちゃんが『キューピッド様』の最中に泣いちゃったのも、手を放しちゃったのも、今考えると、その時に来た霊のせいだったんだと思う。みりちゃん、おかしかった。あの時からもう、呪われちゃってたんだ」

怖い、と呟《つぶや》く。

「ブランコから、みりちゃんを落としたのは幽霊だよ。普通、落ちないもん。みりちゃんかわいそう。誘わなきゃよかった。私たちが、みりちゃんが霊感強いからって、誘っちゃったからだ」

そう言って、またしくしく泣き出した。

〈再び、遊びのメンバーだった石田大輔の話〉

「『キューピッド様』のこと、みりちゃんは、いろんな本読んでて、誰よりも詳しかったんだ。幽霊の種類とか、説明してくれたのもみりちゃんだよ。俺ら、話聞くの楽しかったし、あのグループはさ、もうみりちゃん中心だった。ユリも佳織ちゃんも、『キューピッド様』の言うことは何でも聞くし、それ呼び出せるみりちゃんは、リーダーだったよ。——もう、あのグループ解散だけど」

大輔はそれから、何かを考え込むように黙った。少しして、ばつが悪そうにしながら、

「これ、絶対他のヤツに言うなよ。特に先生とかお母さんとか、大人に言うなよ」

何回も前置きしてから、語り出す。

「本当は、ユリがちょっと前から、『もうやめようか』って言ってたんだよな。『キューピッド様』は確かに楽しいし、いろんなことが知れて面白いけど、佳織ちゃんも藤堂と付き合えるようになったんだし、もういいんじゃないかって。『佳織ちゃん、早くこれにあきないかなぁ』とかさ」

あの二人『親友』だったから。

大輔が目を細めて言う。

「佳織ちゃんをみりちゃんに取られたの、ほんとは嫌だったんだろ。他のやつらにも呼びかけて、『今度絶対に「キューピッド様」が答えられないような質問とかしてみたら、面白そうじゃない?』って言ってた」

眉《まゆ》と眉の間に少しだけ皺《しわ》が寄る。「くだらねぇ」と大輔が吐き捨てる。いい子ぶってるとか、そんな風には見えなかった。心底うんざりしたように、

「俺、止めた。そんなことしても何にもならないし、『キューピッド様』しなくても、みりちゃんはこれからも俺らのグループでいいじゃん、って言った。なのに、あいつ、俺がそう言ったことにマジギレしてさ、逆にムキになって……」

大輔は唇を軽く噛んでいた。

「みりちゃんが死んじゃう前の日の『キューピッド様』で聞いたんだ。『キューピッド様、幽霊っているんですか』って、ふざけて、笑いながら。──『キューピッド様』自体がもう幽霊なんだから、いるに決まってんのに」

不機嫌そうに顔を歪《ゆが》める。

「佳織ちゃんも俺も驚いたし、みりちゃんも驚いてた。『キューピッド様』はもちろん『Ｙｅｓ』って答えたけど、ユリは『本当ですか？』って、何度もふざけてた。その時の『キューピッド様』、怒ったみたいにいつまでも帰ってくれなかった」

大輔がまたばつの悪そうな表情を浮かべる。また「お前、これ、本当に大人に言うなよな」としつこく念押しする。

「みりちゃんが呪われちゃったんだとしたら、それ、ユリのせいだよ。あいつが『キューピッド様』怒らせたからだ。だから、みりちゃんの次が自分だったらどうしようって今だってずーっと、泣いてる。先生たちにも『キューピッド様』のこと言っちゃうし」

あの遊びをやってたことがばれた大輔や佳織ちゃんたちは、みんな親や先生から怒られたのだという。唇を尖《とが》らせ、大輔は面白くなさそうにふいっと顔を背けた。

〈再び、倉崎みのりの過去の『親友』、坂田美和の話〉

「あの子たちの言うことなんて、何にも信じない。

みりちゃんと話してて楽しいって、大好きだったって、親友だったって言っても、そんなの全部、嘘に聞こえる。学校であの遊びしてる時は、確かにみりちゃんも誘って、みりちゃんを中心人物みたいにして一緒にいたけど、家に帰ってから遊んでるとこなんて、ほとんど見なかったもん」

今年に入ってから、顔つきが明るくなって、はきはきと喋るようになったみりちゃん。班替えの時に人気があるような『いい人』に、自分でも言っていた通りの『上の方』に分類されるようになって、それを喜んでいたみりちゃん。

「ユリちゃんなんか、大輔くんのこと取られたって、佳織ちゃんに隠れて、こそこそいっぱいみりちゃんの悪口言ってた。大輔くんが『下の方』の子を好きになるなんて思わなかったって話してるの、私聞いたことあるもん。自分の方がかわいいのに、大輔くんにはほんとゲンメツだって」

みりちゃんが言われた言葉が自分自身への屈辱であるとでも言わんばかりに、坂田さんは怒っていた。

「『親友』なんて言っても、佳織ちゃんだってユリちゃんと同じだった。あの二人、みりちゃんがジュリア人形持ってないこと笑ってた。一緒に遊びたいけど、みりちゃん持ってないし、だから『お手伝いさん』で仲間に入れてあげることしかできないよねって。買ってもらえばいいのにって」

ジュリア人形は、うちの学年のほとんどの女の子が持ってる人気の着せ替え人形だ。

「『お手伝いさん』は、ユリちゃんや佳織ちゃんが使うジュリアちゃんの家を作ったり、服を着替えさせたりする係なんだって。人形持ってないから、そういう風に支度だけするの」

家具を並べて、食器を並べて。家の中が整ったところで、主人公のジュリアちゃんたちが遊び出す。

「みりちゃんち、厳しいから」

坂田さんが、目からぽたぽた涙を落とした。

「弟がまだちっちゃくて、人形なんて買っても、すぐにその子が振り回して壊しちゃうからって、買ってもらえなかったんだよ。——この間、一度」

声を詰まらせて、坂田さんが言う。

「うちのお母さんのとこに、みりちゃんのお母さんから、相談の電話がきた。今までそんなことなかったのに、みりちゃんがおもちゃをたくさん欲しがって、ドラマとかアニメとか、テレビもたくさん見たがって困るって。『どうしてうちはこうなの』って泣いてヒステリー起こすって。『また下の方になっちゃったら、お母さんのせいだからね』って。

電話の後で、私、お母さんから『下の方って何？』って聞かれて、全部わかった。ざまみろって思ったし、私、最近のみりちゃん嫌だったから、ちょっと気持ちがスッとした」

泣き声の中に溶け込んで、ほとんど息だけになった声で坂田さんが呟く。

「みりちゃんは、必死でかっこ悪いなって思ってた」

〈倉崎みのりの『親友』、篠塚佳織がカウンセラーの勧めにより書いた手記（一部）〉

『まだ、みりちゃんが死んじゃったなんて考えられない。横にいただけだけど、自分にも何かの責任があったのかもしれないって、ずっとずっと長い間、考えています。〈中略〉みりちゃんは、「キューピッド様」以外のこともしようよって、私たちに言っていました。ゆうれいがこわかったのかもしれないし、いつか自分がのろわれちゃうんじゃないかってことが、心配だったのかもしれない。だけど私たちは、「キューピッド様」ばっかりしていました。

みりちゃんは、運動が苦手だったし、好きな人もいないから、れんあいの話もできないし、ジュリアちゃんも持ってないから、他に何して遊びたいのか、全然わからなかった。』

〈松田茜が、最後に倉崎みのりに会った時の話〉

事故の前の日、茜は偶然、本当に久しぶりにみりちゃんと話をした。

通っているピアノ教室からの帰り道だった。自転車で神社の前を通ると、そこにある長い階段の一番下の段に、みりちゃんが座っていた。行き過ぎようとしたけど、みりちゃんが一人きりなことがちょっと気にかかって、何となく声をかけた。最近、みりちゃんは三組の中心グループのリーダー格で、クラスのかわいい子たちとよく一緒にいるはずだった。

「茜ちゃんと話すの、久しぶりだね」

そう言ったみりちゃんは、赤いランドセルを横に置いていた。まだ家に帰っていなくて、学校帰りなんだろう。放課後も、あの子たちと遊んでいたんだろう。

お菓子を買おう、と唐突にみりちゃんが提案した。

神社のすぐ近くにおばあさんが一人でやっている駄菓子屋がある。みりちゃんの手には、十円玉が一枚、握られていた。自転車を降り、茜は「いいよ」と返事をした。

買ったのは、売り物の中で一番安い十円のガムだった。階段に並んで座ってから、みりちゃんがガムを半分に割って、片方を茜にくれた。二人でしばらく、それを嚙《か》んでいた。

「茜ちゃん、幽霊信じる？」

みりちゃんが言った。三組で流行《はや》っている遊びのことは何となく、一緒に学校に行くキリエから聞いていた。

髪を下ろしておしゃれにしてるみりちゃんは、もう茜の知ってる保育園までのみりちゃんじゃなくなったみたいに見えた。そんなの当たり前なのかもしれないけど、髪型だけじゃなくて、顔つきも雰囲気ももう全然違う。

「信じない」

と茜は答えた。すぐにきっぱり答えたから、みりちゃんは驚いたようだった。すぐに「どうして?」と聞いてきた。

「小二の時、お母さんが死んで、その時にわかった」

説明する。

「死んじゃう前、私、病院で何回も何回も、幽霊になっても会いに来てって頼んだんだ。お母さん、私のこと心配だってずっと言ってたし、絶対に来てくれると思ってた。ずっと待ってたけど、だけど、来てくれなかったから、その時に思った。幽霊なんていないんだって」

「それ、ジョウブツしちゃったからだよ」

噛んでいたガムをぺっと地面に吐き出して、みりちゃんが言った。怒ってるみたいに見えた。

「ジョウブツしちゃった霊は、なかなかゲンセに戻って来られないんだよ。向こうの世界はみんな気持ちが安らかで苦しいことなんて何もないから、こっちになんてもう絶対に戻りたくなくなるんだって」

「だけど、いないと思った。私、幽霊なんか見たことないもん」

茜が意見を譲らないのを見て、みりちゃんは今度は黙り込んだ。一緒にいるのが気まずくて、帰りたかったけど、そうすると次に会った時に何か嫌な感じになってしまう。声をかけたことを後悔しながらもぐもぐとガムを嚙み続けていると、ふいにみりちゃんが言った。

「ごめんね」

いきなり謝られて面食らう。何となく「いいよ」と答えると、みりちゃんが顔を下に向けて、自分の靴のつま先を見つめた。

階段の上で背の高い檜《ひのき》の木の枝が、風を受けてさわさわ揺れていた。

「みんなさ、どうしてもっとうまくやらないのかな」

「うまくってどういうこと？」

「みんな、ばかみたいにマジメに待ってるだけなんだよ。みんなは私をマジメって言うけど、本当はあの子たちの方がそうだよ」

茜の記憶の中で、みりちゃんはとても頭が良い子だった。今もそうなんだなって思った。茜にはさっぱりわからないことを、考えすぎるんだ、きっと。

思っていると、みりちゃんが何か言った。よく聞き取れなくて「何の話？」って聞いたけど教えてくれない。「別に」って答えて、意味深に顔を逸《そ》らす。茜はむっとした。なら言わなきゃいいのに、と面白くなかった。

けれど流してしまった一瞬後で、みりちゃんが今言った言葉をそのまま反芻《はんすう》することができた。それは完全な独り言のようにも聞こえたけど、みりちゃんは確かにこう言った。

「十円一枚、動かす度胸もないくせに」

それ以上何か聞くのも、みりちゃんがさらにつけあがりそうな気がした。思わせぶりな態度にうんざりして、その後すぐに、茜はみりちゃんとバイバイした。

死んじゃってからしばらくして、またピアノ教室の帰り道、神社の階段のところで茜は自転車を降りた。ここで一緒に座ってたあのみりちゃんがもういないなんて嘘みたいだ。

あの日座ってた境内まで続く長い階段を、一人で登ってみる。全部で何段あるんだろう。数えながら、三十段まで来たところで、丁度真ん中ぐらいに差し掛かる。振り返り、足元を眺める。

昔、学校をズル休みしたくて、ここでぼうっとしていたことがある。お母さんが死んで、まだ一年経っていない頃だ。キリエとケンカして、ひどいことをたくさん言われて、茜もそれに負けないようなひどい言葉をたくさん言い返して、すごく憂鬱《ゆううつ》だった。

その時にふっと思った。もし今、ここから飛び降りて、階段を落ちてみたらどうなるだろうって。

痛いのは嫌だけど、怪我がしてみたかった。できれば、入院するくらいの怪我で、しばらく学校に行かなくても済むような。

入院すれば、きっとおばあちゃんやお父さんが、そばで何でもしてくれる。みんなが学校に行ってる間に、一日中寝て、テレビが見ていられる。本も読めるし、アイスも食べられる。お母さんが入院してた時によくお見舞いに行った、あの市立病院。あそこに入院することになるなら、玄関を入ってすぐの売店のところにアイスの自動販売機がある。ストロベリーチーズケーキ味のやつが茜は大好きで、あの甘ったるい味と匂いを想像すると、その思いつきはどんどん魅力的に思えてきた。入院したら、きっとキリエだって心配するはずだ。ケンカのことだって、深く反省して、謝ってくるだろう。

大きく息を吸い込んで、試しに足を折り曲げてみた。ジャンプの勢いをつけるところを想像してみる。

せーの、と心の中で言ってみる。飛ぶ時は多分、こんな風。もう一度、せーの。

日が暮れるまで、茜はここで飛ぶシミュレーションを繰り返して、だけど結局、飛ばなかった。できなかった、というより、途中で気付いたのだ。自分が本当はそんなことするつもりなんてないってことに。

そのまま家に帰った。次の日、学校に行く時になると、「おはよう」っていつも通りキリエが迎えにきて、ああこんなもんなのかって、肩透かしを食ったような、だけどちょっとほっとしたような気分になったことを覚えてる。

それを思い出しながら、もう随分遠くなった地面を見つめる。

みりちゃんがランドセルを立てかけて座ってた場所。あの時の十円で買ったやつじゃきっとないけど、地面に誰かが吐き捨てたばかりのガムがポツンと落ちていた。

一番上まで、階段を登る。

ここからなら、学校の校庭だって見える。ブランコがあった場所に誰か女の子がいるのが見えた。誰だろう。支柱の赤がまだとても鮮やかだ。

そこにブランコがあった時のことを、思い出す。

飛ぶって、どんな感じだろう。ここから見ると、手のひらにすっぽり収まってしまいそうなブランコ。そこに揺れるみりちゃん。ずっと昔、階段から飛び降りようとした時にシミュレーションした『飛ぶ』気持ち。みりちゃんのようにブランコをこぐ自分を、今度はシミュレーションしてみる。

高く、もっと高く。夢中でブランコをこぐ。どんどんと加速。首を傾けると、逆さまの世界がびゅんびゅん、ぐるぐる目の中で回る。横の佳織ちゃんが、静かにゆらゆら、大人しくブランコに乗ってる。

それを横目に、怖がらず、手を抜かず、ただひたすらこぎ続ける。

思い出す。キリエが私を嫌いだって言った時のこと。キリエなんてお母さんがいるんだからいいじゃないかって泣いてしまった、一瞬後のキリエの顔。悲しみがじわじわ心の底から湧いてきて、自分のことがかわいそうで、お母さんお母さん、と寂しくて泣いた。キリエから、確かこう言われたのだ。お母さんがいないからって、甘えてるって。

明日《あした》学校に行くのが嫌で、みんなに優しく心配して欲しくて。次の日、キリエが謝ってくれるなんて想像もできなくて、だから飛んでしまおうと思った。痛いのは嫌だけど、怪我がしたかったのだ。

がくん、と鎖が音を立てた。ふわりと身体の中味が浮き上がる感触。さらに夢中で勢いをつける。ぶんぶん左右に振れる景色、前後に揺れる身体とブランコ。今までで一番高く飛び上がった、そう実感できた一瞬に、手が鎖から離れる。身体がぶわっと舞い上がる。

靴が脱げる。

両手が前に出る。

もう止まらない。

腕が先に地面につく。

口笛は何故、遠くまで聞こえるの。

あの雲は何故、私を待ってるの。教えて、おじいさん。教えて、おじいさん。

教えて、アルムのもみの木よ。

地面が、すぐ目の前に近付く。

視界がふっと、闇に呑《の》まれる。

# おとうさん、したいがあるよ

## プロローグ

枯れた芝生の庭を竹ぼうきで掃いていて、それに気が付いた。

どこか近いところで、鳥が鳴いている。

幼い頃から、私はこの家に来る度によくこの鳥の鳴き声を聞いた。「ふふう、ふふう」と聞こえる低い声。それが、何という鳥の声なのか知らないが、それは私が幼い頃も、成人を迎えた今年も、少しも変わらず、同じようにこうやって聞こえてくる。

手入れがされていなかった庭は、ところどころ芝生が剝《は》げて白っぽい乾いた土が覗《のぞ》いていた。その中に、犬小屋がある。屋根のペンキがすっかり色褪《いろあ》せ、小屋の前には雨水だけが溜《た》まった餌用の皿が斜めに傾いて置かれている。

……おばあちゃんのところ、犬なんか飼っていたっけ。

一瞬だけ、ぼんやりと考えたが、次の瞬間にそうだ、飼ってたんだ、と思い当たる。犬小屋の入り口から、茶色い犬がひょっこりと顔を出した。

ペロ。確かそんな名前だった。

「ペロ、久しぶり」

ほうきを置いて近付くと、ペロは人懐こそうな目をくりくりさせながら、こっちに近寄ってきた。前足を私の腰にかけ、構って欲しいという意思表示のようにクゥンと鳴く。茶色い毛は、さっきまで私が掃いていた芝生と同じ色だ。おじいちゃんもおばあちゃんも、ろくに構っていなかったのだろう。ペロは汚れていた。特に口の周り、油でもこびりついたかのように、毛がこわばっている。

「やめて、やめて。やめてってば」

半分笑いかけるようにして、私はペロの耳を掴《つか》む。掃除をするのだからと、汚れてもいい古い服を着てきたものの、こんなにすぐエプロンが犬の足跡だらけになるのはどうだろう。ペロの愛らしい顔に自分の顔を近付け、メッと叱る振りをする。と、私はそこで初めておや、と思う。

ペロの首輪に鎖がついていない。

「ペロ、鎖は？」

犬小屋の周辺に、それらしいものは見当たらない。ペロはクゥンと鳴くだけだ。ペロの頭を撫《な》でると、毛から鼻をつく臭いがした。思わず手を離す。その臭いがあまりに強烈だったためだ。犬の臭い……、犬って確かに洗わないとすごい臭いがするものだと聞くけど、だけどこまで？

すえた臭い。時間をおいて、鼻の奥がつんと痛む。

ペロは私のそばを離れ、自分の家の周りをくるくると回っている。犬小屋の入り口から、錆《さ》びた色の鎖が覗いているのが見えた。

小屋に近付き、しゃがみこむ。鎖を引っ張ろうとして、私ははたと手を止めた。息を呑《の》んで顔を上げ、母屋《おもや》の方を振り返る。丁度、父が自動車から掃除用のバケツやモップを下ろしているところだった。

私は声を張り上げた。

「お父さーん、死体があるよー」

（二）

私の祖母が認知症に侵されていることを知ったのは、先週のゴールデンウィークにこの家を訪れた時のことだった。

母の弟にあたる秋雄《あきお》おじさんの気まぐれで、私たちは久しぶりに、この家に集まることになった。このおじさんは、釣りや河原遊びなんかのアウトドアが大好きで、この時も親族みんなでバーベキューがしたいと言い出したのだ。

幼い頃は毎年毎年、盆と正月には必ず訪れた母親の実家。私の出身県の田舎にあるその家には、祖父母が二人きりで住んでいた。

何もない山奥。

交通の便もよくない、就職先もほとんどない。母とその兄弟たちは、三人とも高校を卒業すると同時にこの家を出ており、同じ県内とはいえ、この家から車で優に一時間はかかる別の町に住んでいた。盆暮れには必ず親族で集まっていたが、孫が成長するにつれ、この家を私たちが訪れることは段々と減った。かわりに、長男である母の兄の家に祖父母が招かれるようになり、私たちはそこで会うだけとなった。

その前に祖母に会ったのは正月で、この時も、場所は長男の晴彦《はるひこ》おじさんの家だった。

『つつじ、大学はがんばってるかい？　一人暮らしは大丈夫かい？』

耳がすっかり遠くなってしまい、補聴器をつけた祖母は、私の名を呼んでそう聞いた。確かに口数は少なくなっていたし、今思えば元気がなかったような気もするが、まさかその時は祖母が認知症に侵されているとは思わなかった。しかし、あの時からすでに祖母は物事の正常な判断ができなくなっていたらしい。一応の受け答えはできるし、生活習慣などもきちんと実行できるが、細かいところでは辻褄《つじつま》が合わない行動に出ている。自分が夕飯を食べたかどうか忘れてしまう、そんなことがすでに始まっていたという。

そして——、久しぶりにこの家にやってきた私たちは、中の様子に呆然《ぼうぜん》とした。

「一ヵ月くらい前に私が来た時もこうだったから、全部片付けて帰ったんだけど……」

秋雄おじさんの奥さん、康子《やすこ》おばさんがため息をついた。

座敷一面に散乱した衣類の山。台所に山と積まれた洗われていない食器。バーベキューの材料を一時的に冷やそうと開けた冷蔵庫から腐臭がし、従姉妹《いとこ》の一人が悲鳴を上げた。

座敷の衣類の間には、枕の中身なのか小豆《あずき》のような赤い粒が散らばっていて、やはり別の従兄弟《いとこ》が大騒ぎを始める。私はげんなりして見に行く気が起きなかったが、晴彦おじさんが「ああ、これはネズミの餌だ」と言う声を遠くに聞いた。私は、何故ネズミに餌が必要なのか、この家はネズミなんか飼っているんだろうかと疑問に思いながら、しかし、それを問い返す気力すら失っていた。

祖母に、何事かと問いかける母の声。ぼんやりと頷《うなず》くだけの祖母と、困ったようにその様子を見つめる祖父。祖父は祖母のような認知症が始まっている様子はないものの、かなり足が悪く、家事がこなせなくなっていることは一目瞭然《りょうぜん》だった。バーベキューは中止にこそならなかったものの、私たちは味の薄い食事をし、それから応急処置とばかりに家の掃除をした。ただ表面を片付けるだけの、箪笥《たんす》に衣類を押し込んでいく作業。その後は祖父母をこれからどうするべきかという話し合いが始まった。

「こんなに散らかって……。どうするつもり？　こんな家に置いておけないじゃない」

祖母に言う母の声は怒っているようでもあったし、泣いているようでもあった。

「うちが長男だから、一緒に暮らそうかって誘ってはいたんだけど」

長男・晴彦おじさんの奥さん、友子《ともこ》おばさんが言う。

「ただ、お正月にうちに来ても、すぐ帰りたいって言い出すし、この家が好きだって二人とも言うもんだから。——私も、すごく悩んでノイローゼみたいになっちゃって」

話の成り行きは、大人に任せるしかないのだと思い、私は本を読んでいるふりを決めこんだ。目で活字をなぞりながら、それでも話に耳を傾けているのはずるいだろうか。

「みんなが来るって知ってたのに、ちょっとは掃除しとこうっていう頭がなかったの？　父さんも母さんも」

それを足の悪い祖父に言うのはあまりに酷であること。わからないわけではないだろうに、母が嘆くように言う。この現状を憂えて、なかったことにしたいのだ、とわかった。母の声はやるせなさそうに震えていた。

それに対し、何かを返す祖父の声。ばあさんに言っても伝わらないから。ばあさんは俺に文句ばっかり言うから。その声を受けて、晴彦おじさんが言い返す。

「わかんないのか、親父。母さんボケてんだから、あてにしてどうするんだよ。ともかく、これ以上ここに二人だけで置いとくのはもう限界なんだ。そんぐらいわかるだろ？　俺のとこに、だから一緒に」

親をバカにするな、と祖父が言った。今までだって暮らしてきたんだから、無理だなんてことがあるわけない。頑固に首を振る、その気配がする。

「父さん」

おじさんがため息を吐く。

どの家が祖父母の面倒を見るのか、どこなら世話になる気があるのか。そんな露骨な会話が頭の上を飛んでいくのを聞きながら、私は自分が通っている大学のこと、一人暮らししている東京のマンションのことを思った。戸締まりは大丈夫だったと思ったけど、はてビデオの電源切ってきたかな。電源切ってないと、ビデオの予約って録《と》れないんだよね。

「うちで面倒見てもいいんだけど、私は嫁に行っている身だから、うちからは葬式が出せないでしょう？　それが困るんだよねぇ」

夏子《なつこ》の家は、そっちのおじいさんがいるから。

認知症といっても、完全に話がわからないわけではないらしく、祖母がゆっくりと主張する。肩身が狭くて世話になんかなれないと、時間をかけて話す。

「じゃあ、どうしたらいいの」

どうしてこんな歯に衣着せぬ物言いをするのか、と母を責めたくなったが、きっとそれは、そういうことを言えるのが母をおいて他にいないからだろう。いつだって、細かいことに気が付いてしまうのは女だ。兄弟の中で、女は母の夏子ただ一人。嫁に来ている他のおばたちが、祖母に対して強いことを言えようはずもない。

「仕方がない」「どうしたらいいの」「とりあえずのことを」

ああでもない、こうでもないと話している最中、ふと立ち上がったのは私の父だった。

「とりあえず、徹底的にこの家を片付けてからだろうな。いいよ、その片付けはうちで引き受ける」

それまで前向きな意見が何も出ていなかった中で、その声は唯一きちんとした具体性を持って響いた。

一同が驚いたように、一斉に父を見た。

「もともと、僕は片付けやリフォームの類《たぐい》が嫌いな方じゃないし。確かにこの家の状態はひどいもんねぇ。放っておけないよ」

父の声は意図的なのかどうかわからないけれど、冷静でとても穏やかだった。

「なぁ、夏子。みんな忙しいのは確かだろうし、これまでおじいさんとおばあさんの面倒は義兄《にい》さんたちが見てくれてたんだから、今回の掃除くらいうちでやろう。いいだろう？」

「まぁ、そうだよね。誰かがやらないと」

母が頷く。それを受け、父が「いいかな、義兄さん」と晴彦おじさんに顔を向けた。

「何回かに分けて、週末使って掃除しに来るよ」

「やってもらえるなら」

おじさんがおずおずと、だけど内心の安堵《あんど》を隠しきれないように頷く。

「だけどいいのか。頼んでも」

「言ったでしょう。そういう作業、嫌いじゃないんだ」

本当にたいしたことではないように、父が笑って了承する。

「後は、きちんと介護保険の申請をして、町からヘルパーさんに来てもらおう。週に何回来てもらえるかわからないけど、この状態じゃまだ施設に入れる段階でもないだろうし。なぁ、夏子」

「――そうだねぇ。歩けるし。今はもっとひどい症状の年寄りがどこもいっぱいいるから、ホームに入れるっていうところまで認定はおりないよね」

母は私の実家のある市で、特養の老人ホームに勤めている。それだけに、この母の発言には現実味があった。普段自分の仕事で接するものであるはずの問題が、今、自分の肩に当事者のものとして下りてきたのだ。それって、すごくいたたまれないことだよな、と私は悲しくなった。手元の本の活字をさらに強くにらみつける。

一緒に住んでいなかったせいか、母方のこの祖父母よりも、私には、同居していた父方の方がどうしても身近である。祖父はまだ私の実家で健在だが、祖母の方は私が中学生の時に他界した。その葬儀の席で、当時の私は人目もはばからず大声で泣いた。

もし今、目の前のこっちの祖母が亡くなったとしたら、私はあの時みたいに泣けるだろうか。

本から顔を上げて祖母を見つめると、彼女はただ何もない宙をぽっかりと見つめているのみだった。切なくなって思わず視線を逸《そ》らす。あの葬儀の日、泣いてばかりの私の背をさすり、「そんなに泣いてたら、天国のおばあさんが安心できないよ」となだめてくれたのは他ならぬこの人だった。

話がつき、皆が帰っていく。しばしの別れを告げに、私はまた祖父母のところに戻った。居間に入ろうとして、足を止める。

姿は見えなかったが、窓辺に座った祖父の影が畳の上に伸びていた。

私が入ってきたことには気が付いていないようだった。呟《つぶや》くのが聞こえた。

情けねぇなぁ。

そう、聞こえた。

座敷を通ると、日めくりカレンダーがかかっていた。山の麓《ふもと》にある工務店が毎年年末にくれるもので、私が幼い頃からずっと同じ場所にかかっている。一日一日、丁寧にそれを捲《めく》る祖母の姿が、まだ昨日のことのように思える。

けれど、今はもう、忘れられた置物のようにただそこにあるだけ。日付が随分前のまま止まっている。やるせない気持ちで私は顔を伏せた。

「つつじ。お前もアルバイトしないか？」

「バイト？」

その日の帰り道、ハンドルを握りながら、父がバックミラー越しに私をちらと見つめて言った。

「来られる時だけで構わないから、お前も週末、帰ってきて一緒に掃除しないか。バイト代と帰省のための旅費は出してあげるよ」

「ああ、そういう意味か」

言いながら、何となく後ろを振り返る。だけど、木々の生い茂る山道の向こうに、あの家の姿はもう見えない。

「いいよ、やる」

ややあって、私は答えた。

あの家は、幼い頃に遊んだ思い出に満ちている。荒廃した様子に耐えきれないのは私も同じだ。

「あら。つつじが会いにくるなら、おばあちゃんもそれが楽しみで少しは元気になるかもね」

疲れたように、助手席の母が力なく微笑んだ。ふいに聞いたその声に、胸がぎゅっと痛くなる。きちんと毎週来よう。そう、こっそり決意した。

（二）

犬小屋から出てきた死体は、近所に住んでいた女の子のものだった。

彼女はペロの食べかけの腐ったパンにまみれ、犬小屋の中のごわごわになった毛布に挟まっていた。ペロが最後に祖父母からきちんと餌をもらったのはいつだったのか。

「そういえば、行方不明になった子がいて山狩りしたって聞いたなぁ」

犬小屋を覗《のぞ》きこんでから顔を上げ、父が弱ったように眼鏡を押し上げる。

「一度聞いただけでそれっきり話題にもならなかったから、見つかったんだろうと思ってたんだけど。そうか、ここにいたかぁ」

言いながら、父はペロのことを軽く睨《にら》む。なんてことをしたんだと言わんばかりだ。

それがわかるのか、ペロはつながれた木の下、首を傾け、クゥンと鳴いた。

父と入れ違いに、今度は私が小屋を覗きこむ。暗く狭い小屋の中、微《かす》かに差し込む陽の光に、少女の顔が青白く照らし出されている。閉じた瞳《ひとみ》の下、頬の肉が落ち窪《くぼ》んでいる。彼女の鼻と口元から、どぎつい色の血が溢《あふ》れてこびりついていた。さっきまでペロの口についていたのと同じ色だ。近所に住んでいたというから、私もひょっとしてすれ違ったことぐらいはあったかもしれない。だけど、この青白い、そして紫色の痣《あざ》で覆われた顔からは、生前の顔立ちを推し量ることは出来そうもなかった。パンや毛布に染みついた血の色は、赤や黒というより、ここから見ると青というのが一番近い。

ペロは、どのあたりを食べていたのか。

少女の死体は、胸が朱に染まっていることがかろうじて見えるくらい。そして、それ以上小屋から取り出してみようという気には到底なれなかった。私にはここまでが限度だ。しかし、それでもなお、死体から目を離すことができない。中に充満した血の臭いと飛び散った肉片が、小屋の外に染み出してくるような気がする。

「愛《あい》ちゃんが出てきたって、本当？」

母の声がして、振り返る。台所で作業をしていたのか、エプロンで手を拭《ふ》きながら、小走りにこっちにやってくる。私はようやく立ち上がり、母に場所を譲った。

「愛ちゃんて、その行方不明になってた子？」

「そう。河原近くの三軒先のおうちの子で。あぁ、あぁ、あぁ、本当に」

説明しながら中を覗きこんだ母は、嘆くように息を吐いた。あぁ、という声がもう一度繰り返され、額を押さえて顔を上げる。小屋から離れて両腕を擦《さす》った。

「どこ、ペロは」

「そこの木の下につないであるけど」

「どうして、こんな状況になってもまだこの家は犬なんて飼ってるのよ。つつじ、後でお父さんと捨ててきて。あと、犬小屋もばらばらにして燃やしてちょうだい。ペロがやったってばれたら大変だし、もう面倒みきれないわ」

困りきったように言う母の声に、私はペロを振り返った。ペロの人懐こい優しい目と、小屋の中の無残な少女の死体とが同時に脳裏を掠《かす》める。胸が血だらけの少女。顔の肉が腐って落ちてしまっている女の子。私は母に顔を向けた。

「お母さん。この子、愛ちゃんのこと、どうする？　愛ちゃんの家の人たち、まだ捜してるんじゃないの」

返事はない。母は無言で、何か思案するように犬小屋の辺りをじっと見ている。私はさらに尋ねる。

「ペロを捨ててきたとして、愛ちゃんを捜してる家の人たちはどうするの？」

「つつじは、どうしたらいいと思うの？」

不機嫌そうな声だった。

「愛ちゃん、もう死んでるでしょう。今、こんなことが世の中に知られたら、もう大変。つつじはどうやって大学行くの？　お母さんたち、お金送ってあげられなくなるよ。どうしたらいいの。お母さん、テレビに出たりするのイヤよ」

「まぁ待ちなさい」

例によって、妙に落ち着いた声で父が間に入る。再度小屋の中の死体を覗いてから、私の肩を軽く叩《たた》いた。

「つつじ」

父がペロと小屋とを交互に眺める。それから、優しい声で私に語りかけた。

「この子のことは、家の人が知っても悲しいだけだろうと思うよ」

結局のところ、『隠し通して何もなかったことにする』という道以外、私たちに選択肢はないようだった。確かに、ペロの監督責任は祖父母にあるし、それはイコール私たち親族の責任ということになる。家の片付けやリフォームの他に、大きい仕事が一つ増えてしまった。

問題はまず、犬小屋から出てきた死体をどうするかということだった。祖母の家のあるこの集落は、かなり山に入ったところにあり、全部合わせても五軒ほどしかない。ちょっと開けている隣の集落までは、森をいくつか挟んで、車で十五分の距離だ。そして、その反対側にはただひたすら畑や森が広がっている。幼い頃遊んでいた河原にもそっちから下って行く。

典型的な田舎の情景。おまけにそのほとんどが、私の祖父の持ち物らしいから、売っても二束三文にしかならないとは聞くけど、ひょっとしたら自分の家は金持ちなんじゃないかと錯覚してしまいそうになる。

愛ちゃんの死体は、森の中で燃やされることになった。世間でダイオキシン問題やゴミの焼却問題が真剣に議論されていることが頭をよぎったが、こんな山の中でそんなことを思う私の方が場違いで滑稽《こっけい》なのだろう。少し笑えた。私の住んでいる東京の大学生活の日常と、ここは完全に違う常識の上に成り立っている。あそこだったら、ゴミ出しの袋一つとっても制約があるのに。

本当に違う空間。

父が一輪車に載せて運んできた愛ちゃんを眺め、私はため息をついた。一応、姿を隠すために形ばかり風呂敷《ふろしき》が掛けられているが、横からは彼女の足がわずかにはみだしている。

「穴をちょっと深めに掘って、その中で燃やすか」

どの辺りで燃やすのか。適当な場所を探すため、先に森に入っていた父が引き返してくる。私は尋ねる。

「大丈夫かな」

「何が」

「なんか、よく聞く話だけど、人間って燃やすと物凄《ものすご》く臭いって」

「ああ、それかぁ。どうだろうね」

父は鼻の頭の上で眼鏡を押し上げる。風呂敷の掛かった死体を振り返り、軽く頭をかいた後で頷《うなず》いた。

「多分、平気だと思うよ。こんなところでそんなこと気にする人もいないだろう。近所の人たちも僕たちが掃除しに来てることは知ってるだろうから、普通にごみを燃やしてるって思うさ。平気、平気」

言うなり、一輪車を起こす。父は「ついておいで」とさっさと私の先に立って歩いていく。紫色の風呂敷がずれて落ちそうになり、私が慌てて押さえる。心の中で小さく謝った。ごめんね、愛ちゃん。

「お母さんは何してるの」

「家の方で、台所の片付け。それが済んだらご飯の支度だ。それまでには死体を処分しよう」

さっきまでと何の変わりもなく、空からは名前を知らない鳥の「ふふう、ふふう」という鳴き声が聞こえる。このところ、雨が降っていなかったせいで、踏みしめる足元の土が乾いたように硬い。死体を燃やすための穴なんて、簡単に掘れるものだろうか？

「今日から始めて、いつまでかかるかな。家の片付け」

「うーん。一日使って、表面だけは一応どうにかするつもりだけど、本格的にやるのは来週以降になりそうだなぁ。あと、ペロの小屋も処分しないとな。バラバラにして燃やそう。五月いっぱいは掃除にかかりっきりになるんじゃないか」

「ふぅん」

「つつじ、家からスコップとってきてくれるか？」

父が地面に膝《ひざ》をつき、土を撫でる。

「お父さんが車を停めたとこの近く、物置わかるか？　あの中にあったと思うよ。一輪車が入ってたとこ」

「うん」

私は来た道を振り返った。ここからだと、木々を縫った向こうに、かろうじてペロがつながれている木が見える。ペロの姿そのものは見えないが、私には、木の下でうなだれている彼の姿が見える気がした。

父の口から出た単語。『スコップ』。

数年前に観た映画を唐突に思い出す。あれは何というタイトルだったろう。野犬に襲われた主人公が、スコップを片手に彼らを撃退していた。画面の中、ギャンと叫ぶ犬。振り上げられるスコップに浮いた錆《さび》の色と色濃く飛び散る血の色が、瞼《まぶた》の内を連想のようによぎった。

ペロを殺せと言われなくて良かったな、と思った。

(三)

父が車を停めた近くの物置の中、スコップは古びて黄色くなった木材の下で眠っていた。

隙間だらけの壁から、細く光が差している。スコップの隣にはくもの巣が張っていて、思わず顔をしかめてしまう。床に目をやる。そして、ぎゃっと短く叫んでよろめいた。

視界のはしに、私の大嫌いな、あの、頭にゴのつく茶バネ虫が這《は》っているのが見えたからだった。なるべく顔を外に向けて視線を逸《そ》らし、息を止める。おそるおそるスコップを探ると、すぐに錆《さ》びついてざらざらした感触が指を伝ってきた。ああ、軍手してくるんだった。

私がスコップを取り出そうと手を入れた丁度その時。母屋《おもや》の方向から、悲鳴が聞こえてきた。高く長い、金切り声。母だった。

唐突に聞こえたその声に、私は驚いて身体のバランスを崩し、くもの巣の上にそのまま倒れこんだ。

「どうしたの、お母さん？」

頭の上のくもの巣を、泣きそうな気持ちで払いながら母屋に駆けこむと、母が奥の座敷で膝をついてへたりこんでいた。近寄ろうとして、はっと息を呑《の》む。——母の視線の先、押し入れが口を開けている。どうやらそこに詰め込まれていたものが、座敷の畳の上に雪崩《なだ》れこんだらしかった。そして、問題はその『中身』にあった。

昔の人はよく、モノを捨てられず溜《た》めこんでしまう傾向がある。結果、決して金持ちだったわけではないが、うちの祖母は衣装持ちだった。その祖母のぼろ布のような上着やズボン。洗ったのか否かがさだかでない下着が一面に散乱している。赤い小豆《あずき》のようなものも散らばっていた。

一際、私の目を引くものがあった。

もとは白かったと思《おぼ》しき、すっかり黄色くなったシャツの下から、骨ばった手のようなものが投げ出されている。思わず、目を見開いた。

白い、痩《や》せた老人のような手。人間だった。

息を止めたまま、手から先を目で追いかける。よく見ると、衣類の山の中から足が出ているのが見て取れた。同じ人のもののようだ。ただ、不思議なのは衣類の山に押しつぶされて重いだろうに、その手も足もピクリとも動かないことだった。

細かい小豆のような赤い粒は、古い枕の中身か何かだろうか。それともこれは、転がっているこの人間の一部だ、とでもいうのだろうか。掃除機で吸いこんだら、この部屋はさぞや、ガコガコと気持ちのいい音を立てるだろうな。場違いだけど、思った。掃除機、かけたい。

私は母を見た。母はただ、部屋の様子を呆然《ぼうぜん》と見つめたまま、動かずにいる。

「つつじ」

ややあって、母が雪崩の原因となった押し入れを指差す。顔を上げた私の目に、まったく見覚えのない人物の青白い顔が飛び込んできた。私は軽い立ち眩《くら》みに襲われるのを感じた。

中身がこんなに畳の上に飛び出してなお、押し入れの中には、まだ布団がぎゅうぎゅうに詰められている。その布団の間から、中年の女の横顔が見えるのだ。地層の断面から化石が見える時のように、顔は布団からくっきりと浮かび上がっていて、青白い肉が頼りなくそこにくっついている。腐りかけ、頬《ほ》っぺたが落ちそうになっているのだ。顔の横には、ふっくらとした手も見えた。

だけど、それだけじゃない。それよりも上段の布団の間から、その女のものとは別の剝《む》き出しの足が冗談のようにだらんと垂れていた。浅黒い色。今度のそれは男のもののようだ。

そういえば昔、おばあちゃんからお菓子をもらった時。私はよくそれを布団の間に押し込んだものだった。「虫歯になるから、つつじに食べ物をあげないで」そう口をすっぱくしていた母の目を盗み、祖母は遊びに行くと、必ず私にお菓子をくれた。そして、私はそれを隠した。私にお菓子を渡したことで祖母が母に怒られるところを、見たくなかったのだ。

あの頃は結局いつも、布団を敷こうとした母にお菓子を見つけられ怒られた。ああ。私はどうして、布団を敷く時間までにそれを食べてしまわなかったのか。

さっきのペロの犬小屋のことを思い出す。パンにまみれていた愛ちゃんと、今布団に挟まれている死体たち。それに私のお菓子とは、よく似ている。おばあちゃんは、私と同じ発想をしたのだろうか。思うと何だか笑い出したいような、しかし祖母の気持ちを思うとそうもできずにただ悲しくなるような気がした。

『認知症は辻褄《つじつま》の合わない行動に出る』と母は言ったけど、それにしても向ける労力を間違えていると思った。食べるものならたくさんあるのに、どうして殺してきて隠したりするんだろう。

「どうかしたのか？　今、声がして」

森から引き返してきたらしい。軍手をはめた父が座敷に入ってきて、息を呑んだ。

「これは、ネズミの餌だなぁ」

座敷に一面散った赤い粒は、どうやらそういうことであったらしい。軍手越しに一つつまみあげた父が、一目見るなりそう言った。

「ネズミの餌？」

「ああ」

ほうきを探して取ってくる。この家の掃除機は、残念ながら壊れて使えなくなっていた。

座敷の押し入れから出てきた死体は全部で四体（あの後、下の段の布団を引っ張り出したら、さらに一体出てきた。中学生くらいの男の子のものだった）。驚いた父と母が、座敷の他にもお風呂場《ふろば》や裏の物置なんかを探すと、死体は結局、押し入れの数の倍である八体見つかった。そのうち、私が発見したのは、縁の下の一体と洗濯機の中にあった一体。覗《のぞ》きこんだ縁の下で、目を見開いた男の顔と目が合った時は、ひっくり返りそうになった。

父は、愛ちゃんを埋めるため森まで引いていった一輪車を急いで取ってくると、座敷の死体を上に載せ始めた。私はほうきで座敷を掃き出しながら、あお向けになった中年女の死に顔をぼんやりと眺める。軍手越しに死体を抱える父の細い腕が、意外にたくましいことに感心しながら、そこに抱かれた、だらんと舌を垂らした顔をじっと見た。

「どうして、こんなことになってんのかな」

「なにが？」

「この間の連休に来た時もそうだけど、今日も最初ここ来た時、すごい臭いだったでしょ？　びっくりして窓開けたけどさ」

「ああ」

「あれって、考えてみると死体の臭いだったのかな。私、施設とかにボランティアに行った時、やっぱ独特の臭いがあったから、年寄りに特有の臭いなのかと思ってたんだけど」

「そうかな？　お父さんは別に気にならなかったけど」

「えー!?　お父さん、どんな鼻してんの。冗談でしょ？」

ようやく二体目の死体を一輪車に載せ終えてから、父は嘆息まぎれに「一度に二つが限度かな」と呟《つぶや》いた。来る途中のコンビニで調達したペットボトルのお茶を飲み、首にかけたタオルで額の汗を拭《ぬぐ》う。

こういう時、私は昔から思うのだが、父は本当に男の人だと思う。私の父は、華奢《きゃしゃ》な腕とおとなしい顔つきをしているにもかかわらず、やはり家族の中では一番力があるし、母や私にとっては、頼れる存在なのだ。男手と女手の違いを明確に感じる瞬間。こんな時、私にも男兄弟がいたらよかったのにと思う。

その時、妙に間延びした母の声が割り込んできた。

「ちょっと、この辺のいらない服も一緒に燃やしてきちゃってよ」

見れば、母はボロボロのズボンをつまみ上げている。

「おばあちゃんに見せると、ほら、昔の人だからもったいない、もったいないって言って困るから。ものが多過ぎるから散らかるんだし、きれいなのだけ残して、あとは全部燃やしちゃって」

「その辺で燃やしていいの？」

「かまわないでしょ。集落の人、もうあんまりいないんじゃない？」

座敷に寝転んでいる男の死体。大胆に広げた足を見つめながら母がため息をついた。

「寂しかったんでしょ、おばあちゃんも。寂しいと、あんな風にボケが進んじゃうのよ」

「全部を燃やすのは無理だよ」

父が言った。

「死体で手一杯じゃないかな。燃やしきれない分は埋めるだけにしよう。ペロの小屋も始末しないといけないし。服は、そうだなぁ。森の中に小屋があったろ？　あそこに積むか」

「頼むわ。ただ、おばあちゃんに見つかると、きっともったいないって嫌がるから。見つからないうちにやってね」

「確かに、服と死体が片付いたら、随分すっきりするな」

父が座敷の様子を見渡し、作業はこれからだというのに、早くも疲れた声で呼びかけてきた。

「つつじ。この服運ぶのに、森まで何往復すればいいと思う？」

二十回くらいじゃない？　心の中で呟いたけど、思うだけでうんざりして、私はただ「知らない」と答えた。

荒《すさ》んだ座敷、埃《ほこり》で白い廊下。私は昔、この家で従兄弟《いとこ》たちとかくれんぼしたり、鬼ごっこをしたりしていた。あの時隠れた押し入れは、こんなにも狭かったろうか。子どもの頃に見たあの廊下は、どこまでも長く続いてたし、その先にはきっと妖怪《ようかい》が棲《す》んでいるのだと、信じて疑わなかった。

出てくるのは死体ばかり。妖怪など、ここには棲んでいない。そう思うと、また胸が強く痛んだ。

死体と服、そして犬小屋の処分を行い、帰りの車の中で、私はぐったりと目を閉じた。結局、燃やせた死体は愛ちゃんを含めて、わずか三体。それでさえ帰りの時間までには燃え尽きず、結局スコップで大きな穴を掘って、残りの死体と一緒に最後は積んで埋めた。スコップを振り上げた時の、腰の痛みと腕のだるさ。きっと明日《あした》は筋肉痛で一日動けないだろう。

服の処理も大変だった。森の中まで、やっぱり十回以上往復した。山積みになった衣類を見て、父が笑いながら「おばあちゃん、随分溜《た》めこんだな」と評していた。毎年母の日にブラウスをプレゼントする習慣があった母は「今年からはもう、服を贈るのはやめるわ」とため息をついた。

表面は一応きれいになったように思えたけれど、来週も来なきゃ駄目だろうか。両親は、つつじは来られたらでいいよ、と言ってるが、さてどうだろう。もう死体の処理は嫌だ。気持ちが張り詰めて緊張しっぱなしだし、ハラハラする。もう嫌だ。閉じた瞼《まぶた》の裏側で、東京の大学生活、一人暮らしの自分の部屋のことを考える。ドレッシングが切れていたから買って帰ろう。急に思いついた。実家の近くの総菜屋さんが手作りしているドレッシングは、帰省のたびに私が買って帰るものの一つだ。適度にオイリー、適度にサッパリ。あの味がレタスの上に重なったところを考えると、胸がすっとする。ここにいる私と、祖父母のあの家にいる私は、到底同じ人間ではないような気がする。だから、大丈夫。あそこに帰れば、今日のことは関係ない。

車の後部座席でうとうとしていると、父と母が会話しているのが聞こえた。この間お世話になったお華の先生には、お礼に何を贈ったらいいだろう、明日にでも百貨店に行ってみようか、とかそんな話だ。この二人にしたところで、今はきっとボロボロに疲れてるけど、絶対に明日からはまた平然と日常に戻るのだと思う。きちんとあの家から帰るところがあるから、死体をなかったことにしてしまえる。

麓《ふもと》に着いたら捨ててしまうペロを、最後にぎゅっと抱きしめる。犬の毛って気持ちいい。嫌な臭いも、もうしなかった。


次の週、祖母の家に行くか行かないか、迷っていた私の状況を、一本の電話が変えた。

『おばあちゃんがな、捨てた服をまた家の中に運び込んでるんだってよ』

父の声は呆《あき》れているようでも、面白がっているようでもあった。

『おじいちゃんから、そう電話がかかってきてね。止めても止めても、「もったいないから」って聞きゃしないんだって。すごいよなー、つつじとお父さんで、あんなに何回も往復したのに、おばあちゃんはそれを一人でやっちゃうんだ』

「ホントなの、それ」

ハブラシ片手に電話に出た私は、父の声につられたように半笑いになる。

「服って、あの服全部？　本当に？」

『一週間もあればなぁ。他にすることなんて、あの家じゃないし。暇なんだろう、全部運び込んだみたいだよ』

「おばあちゃん、足悪いんでしょ？　移動とかすっごい時間かかってたじゃん」

『一日かけてやったら、なんとかなるさ。おじいちゃんもそのことでかなりおばあちゃんを怒って、毎日喧嘩《けんか》してるみたいだ。家の中がかなり険悪になってるみたいだから、今週末、お父さんたちが行く時に、つつじにも一緒に来てもらえると助かるんだけど』

思わずため息が落ちる。今週末は、確かサークルの予定が入っていたはずだったが、しかし。

「わかった」

力ない声で、私は答えた。

「明日の夕方に帰るから、駅まで迎えに来て」

私がいるからといって、作業が格段にはかどるとは思わなかったが、士気は違うかもしれない。父も母も掃除を嫌がるような性格ではないが、それでもきっと、いつか嫌気が差してしまうだろう。けれど、その掃除のために可愛い娘がちょくちょく帰ってくるんだったら、話は別かもしれない。

でも、帰るからには今週も交通費とバイト料はもらおう。

ちゃっかりとそこまで考えてから、「そうだ」とついでに尋ねる。

「まさか、死体まで持ち帰ってきたりしてないよね？　おばあちゃん」

あれはさすがに重い。私の力だって、一人じゃ運ぶのは無理だ。するとすぐ『は？』と気の抜けたような声で、父が尋ね返してきた。

『したい、って何を？』

「え？」

『とにかくお前が帰ってきてくれるのは助かるよ』

父の声は穏やかで、いたって自然だった。

『ありがとう。帰って来るのは、いつも乗ってくるあの七時過ぎに着くやつか？』

「ああ、うん」

微《かす》かな違和感を覚えながら、頷《うなず》く。何となくその先が聞けない。あれ、お父さんはひょっとして死体のことを忘れちゃったの？

まさかね。

私は静かに受話器を下ろし、口をゆすぐために洗面台へと急いだ。

(四)

東京の家から実家まで一時間半。その実家からさらに車で一時間かけての掃除二回目は、またしても母の悲鳴から始まった。

着いてすぐ、持ってきた食材や掃除用具を車から下ろそうとしている最中のことだった。自分のバッグだけ持って先に家に入っていった母の、嘆きの声が響いてきた。

「——今の、何？」

「さぁ」

特に驚いた様子もなく、父は清掃用具を下ろしている。すでに犬小屋のなくなった母屋《おもや》を眺める私の手に、バケツを持たせながら言う。

「どうせまた、座敷に服がいっぱいで怒ってるんじゃないかな。もう、つつじもお父さんも、たいていのことじゃ動じないのになぁ」

「この間、すごかったもんね。あんなに死体が出てきて」

「したい？」

父がきょとんとした顔で私を見つめる。それからすぐに、ああ、と合点がいった顔つきになって苦笑する。

「虫がすごかったもんなぁ。お前は昔からゴキブリがダメだし」

「は？」

私が首を傾げても、父は平然としていた。「ほら、早く行きなさい」と、私を促す。釘《くぎ》を刺されているのかと思った。もうあのことはなかったことにしようと、暗に話すことを禁じているのかと。しかし、それにしたって父のこの惚《とぼ》けぶりは演技には見えない。

——後で、森の、あの愛ちゃんを埋めた場所まで父を連れて行こうか。

思いながら、とりあえずバケツを片手に母屋に向かう。途中、犬小屋があった場所を見ると少し切なくなる。この間、ペロは山の麓に置いてきた。今ごろどうしているだろうか。捨てるという行いはペロへの責任を放棄することだが、同時にそれは、安っぽい同情をかけることや、哀れむ資格もまた放棄したということだ。心配するなんておこがましい。「やっぱりかわいそうだった」なんて感想は、私が自分に酔いたがっているからこそ生じる身勝手な感情だ。

嫌だよな、エゴだよな、と心の中で呟《つぶや》きながら母屋に入っていく。と、私は玄関を開けてすぐ、鼻孔をつく強烈な臭いに顔をしかめた。まるで人が中に入ることを拒絶してるようだ。無意識にあとずさる。先週嗅《か》いだのと同じ臭い。吐き気を誘うような、息を止めざるを得ないような。肌が一気に粟立《あわだ》つのを感じた。

「ちょっと、何、これ」

一週間、家を閉め切っておくと、こんなにも臭いがこもってしまうものなのだろうか。おばあちゃんたちは私たちが来ない間、一度も窓を開けなかったのか。

「お母さん、おかあさーん。何この臭い、窓開けたの？」

奥に向けて呼びかけるが、返事はない。泣き出しそうな気持ちで舌打ちする。私は今日一日、この臭いの中で洗濯をし、ごみの処理をし、座敷を掃かねばならないのか。涙目になりながら、廊下の奥を睨《にら》む。と、私はそこでぎょっとして目を見開いた。玄関を開けてすぐの突き当たり、洗面台。その下に、誰かが倒れている。あまりの驚きに、私は「ひっ」と悲鳴を上げ、その勢いで、ひどい臭いをまともに吸い込んでしまう。右手のバケツが、手から落ちた。

「どうした、つつじ」

後ろから近付いてきた父を振り返り、私は息も絶え絶えに洗面台の方向を指差す。

「おとうさん、したい……」

倒れている人影。その顔の右半分からは、きれいに肉が削《そ》げ落ちていた。

窓という窓をすべて開け放して小一時間もすると、臭いは随分よくなった。今日が晴れで、風も出ていたからだろう。中にいても一応平気でいられるくらいには、空気の状態が回復する。鼻が慣れてしまった、というのも要因の一つかもしれないが、こんな臭いに慣れてしまったのかと思うと激しく落ち込む。考えないことにした。

それなのに、母が縁側の私に近付き「嫌だ、寒いじゃない。窓なんか開けて」と話しかけてくる。大袈裟《おおげさ》に両腕をこすり合わせる彼女に、私は「はぁ？」と顔をしかめてみせた。

「この臭い、お母さん気にならないの？」

「臭い？」

鼻を動かし、周囲の空気を嗅ぐ仕草。それから顔を振り動かし、「生活してれば臭いなんて仕方ないのよ。お前、そんなこと言ってると誰とも暮らせないよ。一人暮らしなんてさせるべきじゃなかったかしら」とピントのずれたことを言う。「そうじゃないでしょ」私は母を睨む。

「この間も、死体いっぱい出てきてひどかったのに」

「この間？　何言ってるの、おかしな子ね。おじいちゃんもおばあちゃんも生きてるからこそ、介護が必要なんじゃない」

洒落《しゃれ》にならない言葉を、ブラックジョークのつもりなのか、淡々とした口調で言ってから、母が呆《あき》れたように座敷を見回す。

「まぁ、確かに洗面台の下を見て、今日は本当にびっくりしたけど」

祖父からの電話で報告を受けていた通り、衣類の散乱した座敷の状況はひどいものだった。

「片付けるわけじゃないのに、持って帰ってくるんだから」

母がヒステリックな金切り声を上げる。

私と父とが十回以上も往復して積み上げた衣類の山は、小屋に見に行くともう跡形もなく、運ぶのに使った風呂敷《ふろしき》などがむなしく取り残されているだけだった。かといって、母屋に戻された衣類は、母の言う通り整理されたり、使われている様子もない。先週と同じように、足の踏み場もないほど座敷に散らかっているだけだ。

歩き回れる範囲の少ない集落の中とはいえ、よくもまぁ、祖母は自分の服を見つけたものだと思う。労力を向ける先を正常に判断できなくなるのがこの病気の特徴なんだろうか。特に衣類に不自由してるわけでもないのに、祖父がいくら怒って止めても、祖母はこの作業を続けたのだ。

この一週間、それで相当衝突し、喧嘩《けんか》したのだろう。同じ奥の部屋にいても、二人は互いに一言も口を利かない。

「つつじ、一輪車持ってきてくれるか？」

父が言った。

「服は、仕方ないな。奥の物置だったら戸に鍵《かぎ》がかかるし、多分今度こそ見つからないと思うから、あそこに運ぼう。あと、できるだけ燃やして帰ろうか」

「死体は？」

服よりもさらに私をげんなりさせたのが、洗面台の下の死体だった。先週、深く穴を掘り、埋めた死体の山。あの作業による筋肉痛とだるさは、一週間かけてようやく私の身体から剝《は》がれ落ちたものだった。

それなのに。

「向こうにあった死体、掘りだして来たのかな。おばあちゃん」

「向こう？」

苛立《いらだ》ちまぎれに言った私に、父が微《かす》かに笑う。娘の冗談にお愛想で笑うように。さすがにもう限界だった。

「埋めたでしょ、先週」

思わず強い声が出る。

「あんなに苦労したのに、お父さんひょっとして忘れちゃったの？」

「お前、先週誰か殺して埋めたのか？　そりゃあ頼もしいな。じゃあ、今日のこれも一緒に埋めてくれるのか？」

「何言ってるの！」

言いながら、死体の顔を見る。記憶がもうおぼろげだけど、先週埋めた中に、この顔はなかったような気もする。――顔。右半分が、ないのに？　自嘲《じちょう》気味に思う。私には、きちんと判別がつくのか？

父は私を軽くあしらうように「はいはい」と笑う。わかってるよ、大丈夫だよ、と。

「常識で考えてね、お前の力で人を殺すのなんて無理だよ。だけどそうだなぁ、この死体、埋めるしかないんだろうなぁ。手伝ってくれるか？　つつじ」

「――いいけど」

どれだけ、父は白を切り通すつもりなのだろう。ともあれ、目先のことを片付けるのが先決なのは確かなようだった。

父ではないけれど、常識で考えて祖母の力で、私と父が掘ったあれだけの深い穴を掘り返すのは無理だ。この間埋め忘れた死体があったのだろう。

そう考えることで気持ちを落ち着けるが、まだ背中がざわざわと落ち着かない。押し入れに近付く。嫌な予感がする。この間、死体の山が出てきた押し入れ。

この中からまた死体が出てきたら。

ふすまに触れた指先の感覚が薄い。私は思いきって息を吸い込み、がらっとそこを開けた。

すると、中には、桐の箪笥《たんす》がすました様子で収められていた。

「ああ、それね。先週帰る時に入れてったんだ」

父が説明する。

「居間にあった箪笥が、何にも入ってなくて余ってたからね。丁度そこに入る大きさだったし、母さんもその方が整理が便利だっていうから」

「ふぅん」

「つつじ、今日マジック持ってきたから、後でその上に『下着』とか『ズボン』とかラベル書いて貼りつけてくれるか？」

「いいけど。でも、私よりお母さんの方が字、きっと上手《うま》いよ」

言うと、父は「構わないさ」と笑い、「孫が書いてくれた方が、おばあちゃんも嬉《うれ》しいよ」と言った。

その時、衣類でいっぱいになったかごを抱えた母が座敷に入ってきた。

「つつじ、この辺の下着と上着は先週洗ったやつだから、畳んで箪笥に入れてくれる？」

かごを下ろして言う。

「先週、向こうの縁側に干して帰ったんだけど、呆れちゃうわよねぇ。この一週間、干しっぱなしだったのよ。ボロみたいな服を拾ってくるくらいなら、取り込んでくればいいのに」

「全部入りきるかな、これ」

「できるだけでいいよ」

「下着くらいなら、まぁ平気かな。一番上？」

しかし、母もまた心配するのは死体ではなく、あくまで服のことばかりだ。人間って、どうして大きい問題は後回しにして、自分により近しい日常のことにばかり注意を向けてしまうのか。

聞きながら、一番上の引き出しに手をかける。すると、滑りが悪いのか、思いのほか、かたい手応《てごた》えが返ってきた。足も腰も、手さえも自由が利かなくなった祖父母を思うと、この箪笥はこの家には実用向きではないかもしれない。一度、後ろに押してみて、再度、今度は両手で引っ張る。

ガクン、と前に引き抜いたと思った途端、私はギャッと叫んでそこから手を離した。宙吊《ちゅうづ》りになった引き出しが、不安定に二、三度揺れ、畳の上に落ちる。中には、ぎょろりと目を剝《む》いた老婆がぎしぎしに押し込められていた。

皺《しわ》だらけの頬の上に肉のそげた跡。やせ細った腕が、醜く不自然な方向に折れ曲がっている。肌色とは到底呼べない腕。染みだらけのその腕が、茶色く日焼けしているのが生々しかった。

しん、と座敷の時間が止まった。

落とした引き出しに、三人とも目が釘付《くぎづ》けになり、視線が離せなかった。

明らかに新しい死体だった。先週はなかった。

悲鳴を上げるタイミングすら、私は逃した。震えを浮かべた母の声が、随分テンポをずらして上がる。

「せっかく片付けてる最中なのに、どうして、こんなに殺してくるのよ!」

（五）

電話をかけたきっかり二時間後、浩文《ひろふみ》はきちんとやってきた。

母親のものを借りたという黒の軽自動車から降りたった彼は、開口一番「今度、何かおごれよ」と告げ、私の頭を軽くはたいた。

浩文は、中学・高校と付き合っていた、私の人生最初の恋人だ。いろいろと生臭いことがあって別れてしまったのだが、今でも友達を続けてる。もともと幼馴染《おさななじ》みだったし、実家も近所だから何かと気安い。

死体や服を処分するにあたって応援を呼ぼうという話になり、我が家族が白羽の矢を立てたのが彼だった。

浩文の後にも、私には何人か付き合った人がいたが、彼らは皆却下された。父の「あの子が一番、口が堅いだろう」という声と、母の「私、あの子好き」の一言。悲しいことに、今現在の私には彼氏がいないのだから仕方ない。

作業用の軍手を彼に手渡し、私は作業内容を簡単に説明する。浩文は頷《うなず》き、母屋《おもや》へと入っていく。あの後発見した死体は全部で六体あり、前回より少ないものの、憂慮すべき状況であることには変わりなかった。

浩文は、荒れ果てた部屋と死体の存在にさすがにぎょっとしたらしく、一瞬だけ表情を止めて顔をしかめたが、すぐに「何から始めればいい？」とこちらに顔を向け直した。その仕草に、ああ、私はこの人のこういうところが好きだったんだと思う。思うと、懐かしかった。

玄関のすぐ脇に、母が持ってきたウサギのキャラクター柄のタオルが置かれていた。浩文に貸すと、彼は眉間《みけん》に皺を寄せ「嫌がらせかよ」と呟《つぶや》いてから、だけどすぐに受け取る。ピンク色のタオルを肩にかける二十歳男性は、なかなか笑えていい。

一輪車に死体を載せて森に入っていくと、中では父と母が服を燃やしている最中だった。私と浩文の姿をみとめ、エプロンで手を拭《ふ》きながら母が近付いてくる。

「悪いわねぇ、浩文くん。休みの日に呼び出したりして」

「ああ、いえ。力仕事、おじさん一人で大変だったでしょう？　男手が必要なんだろうし、お手伝いしますよ」

「あら、本当？　おばさんたち、帰りにどこかでご飯ご馳走《ちそう》するからね」

「じゃそれはありがたく」

浩文が答えて、好青年然として微笑む。一輪車を下ろし、今度は父がやってきた。

「浩文くん。来て早々で悪いんだけど、こっちで穴掘り手伝ってくれるかな？」

タオルで顔を拭きながら、父が申し訳なさそうに言う。

「すまないね。僕たちも仕事があるもんだから、平日はここに来られなくてね。一日でできるだけ多くのことをやっちゃいたいんだ。必要なものの買い出しに行ってきたいんだけど、穴掘り、交代してもらってもいいかな？　ああ、それか、浩文くんが買い物に行って来てくれるのでもいいんだけど」

「いいですよ。俺、ここで死体埋めます」

火の熱気で肌が痛い。浩文が続ける。

「この辺、辿《たど》りつくのに精一杯だったから。地理がほとんどわかんないし、おじさんたちで買い物、行ってきてください」

「ああ、それもそうだ。じゃあ、お願いしてもいいかな？　だけど浩文くん、驚いただろう？」

父が苦笑しながら言う。

「ここ、あまりに山奥だから。同じ県内でも一時間はかかるからね」

「そうですね。おじさんたちも休みの度に来るのって、相当大変でしょう？」

「そうよー」

彼の言葉に、一際高い声で答えたのは母だった。

「遠くに嫁いだり、離れた場所で仕事なんかしてると本当に大変。つつじ、あんたもよく考えてからお嫁に行く先を選びなさいよ。でなきゃ、親と一緒に住むのが一番なんだから」

「どういうプレッシャーのかけ方なの？　それ」

私は呆《あき》れがちに顔をしかめ「さっさと行きなよ」と母を促す。もしかすると、母は浩文と私がいつかまたやり直すとでも思ってるのかもしれないが、こんなところでそんな話にもっていかれるのは御免だった。

同じく少し困った顔をしてそれを見ていた父が「後を頼むよ」と曖昧《あいまい》に笑いながら母を連れていく。後には浩文と私、それに衣類の山と死体だけが残った。

火の中の衣類が燃えて少なくなったのを確認して、私は服を追加する。棒を持ってきて火を巻き上げると、細かい火の粉が死体の上にはらはらと舞い落ち、すぐに消えて見えなくなった。

「なぁ、つつじ。死体も燃やすのか？」

「ああ、この間は二、三体だけ燃やしたんだけど、どう思う？　全部埋めちゃって、それでいいのかな？」

「この間？　これ、二回目なの？」

まさか、という顔を作って言った後で、浩文が顎《あご》先に手を当てて考え込む。

「おじさんたちが帰るの待って聞いてみるか」

「うん」

木々の向こうから、父の車が出ていくエンジン音が聞こえた。山に繋《つな》がる森は傾斜が急で車の白い色が下にとても小さく見えた。車の音が遠ざかると、のどかな鳥の声と火の中で服のボタンがパチッと跳ねる音が聞こえてくる。

近くを流れる小川に顔を向けると、透き通った水が嘘のようにきれいだった。これを辿っていくと、私が小さい頃遊んでいた河原がある。

「ねぇ、浩文」

「何」

「来てくれてありがとね」

「ああ」

浩文は無言でスコップを手にする。そこは硬いよ、とアドバイスしながら、私も横で服を燃やしていく。考えてみたら、浩文と二人で話すのは久しぶりだった。こんな風に急に呼び出されて、私だったらきっと嫌がるだろう。けれど、浩文は黙って手伝ってくれる。彼のこういうところは、付き合っていた当時も、別れてしまった今も変わらない。

浩文は、いい男だと思う。

別れる時、私が一方的に他に好きな男を作ってしまったわけだけど、そんな私のことを許し、なおかつ友達でいようか、と言った。強がる風もなく、私に未練がある風すらなく、単なる提案としてそう言ってくれたのだ。

背が高いし、顔だって悪くはない（むしろ、好きかも）。都内の某有名大学に通っているから学歴や将来性だってばっちりだし、条件的には申し分ない。たまに、この人は私のことをまだ好きなのかもしれない、とも思うが、すぐに、そんなこと考えるのは図々《ずうずう》しいかな、と変な期待を持たないように慌てて首を振る。

それに、うまく言えないけど、今更、浩文に恋愛感情を持つのは嫌だ。

「ねぇ、浩文」

「何？」

「まだ彼女できないの？　ずっといないでしょ、別れてから」

「まぁね。今、あんまり必要を感じない」

作業の手を止め、スコップの上に顎を乗せる。呆れた目つきで、私を軽く睨《にら》んだ。

「お前さ、さっさと仕事しなよ。終わらないだろ？」

「いいじゃん。火の番なんて、ただ見てるだけでいいんだし。スコップ、一つしかないし、疲れたら代わるけど、それまでは」

まさか死体をまた埋めるはめになるとは思っていなかったから、スコップは相変わらず錆《さ》びついたそれ一つしかない。こんなことなら新しいのを持ってくるのだった。

浩文がぶっきらぼうな口調で、いいよ、と断ってきた。

「力仕事は俺とおじさんでやるよ」

「話戻るけど、浩文ってもてないわけじゃ全然ないよね。昔からいいって言ってる子も多かったし」

「そうなの？　自分じゃわかんないけど」

気のない返事を続ける浩文。駆け引きするような、元彼との会話。今更どうなりたいわけでもないけど、何だか楽しい。

「多分、浩文は自分の本当に好きな人とじゃなきゃ付き合いたくないんだよね。だから、周りがどんなでも焦らないし。いいよね、そういうの」

そしてその『好きな人』だったことが、私はあるのだ。もう関係ないけど、誇らしかった。

「俺のことより自分のこと心配したら？」

皮肉めいた笑みを浮かべながら浩文が言う。目の前の炎を棒でつつきながら、私は「はぁ」と長いため息を落とした。

「私はもう、無理かも。あーあ。彼氏がいないことは別にいいんだけど、ただ、好きな人は欲しいなぁ」

スコップを使うザクザク、という音が響く。浩文は「ああ」とか「うん」とか、私の話にどうでもよさそうに相槌《あいづち》を打つだけだ。

このまま一生恋ができなかったらどうしよう、と私が呑気《のんき》に、だけど本当は切実な気持ちで呟《つぶや》いたその時だった。

浩文の手元からスコップの音が消えたことに気付く。見れば、彼は身体を前に乗り出して母屋《おもや》の方向を窺《うかが》っている。

「浩文？」

「な、ここって新聞とか郵便とかどうなってる？」

「え？」

「どうなってる？」

思いがけず強い声が返ってきて、私は驚く。咄嗟《とっさ》に返事をすることが出来なかった。

こんな田舎まで、新聞少年が配達しに来てくれているわけじゃないことは確かだったが――。

すぐに、思い出した。全部で五世帯程度のこの集落は、朝ではなく昼になってから、郵便配達人が新聞を持ってくるのだ。無用だと見なされたからか、広告チラシなどが一切はさまれていない新聞。それが三つ折りにされ、上に宛名が書かれた紙が巻かれているのを、私はここで昔から見てきた。

「笑っちゃうんだけど」

そう前置きして説明すると、浩文は大袈裟《おおげさ》なほどに大きく目を見開いた。母屋を顎で指してみせる。私は彼の視線の先を辿《たど》り、と、そこで背筋に冷水を流し込まれたような感覚に陥る。顔が引《ひ》き攣《つ》った。

母屋の前に、郵便配達人の赤いバイクが煙を吐きながら停まっている。白いヘルメットを深々とかぶった、紺色の制服の男。彼の声が、ここにいても届いてくる。

「神野《じんの》さん、神野さーん」

何を探してるの、呼んでるっていうの。

私の背筋に、緊張が這《は》いあがる。苛立《いらだ》ち、同時に途方に暮れてオロオロと視線をさ迷わせる。どうしよう、どうしよう。あの家の中には、まだ死体がいくつか残ってるし、それにこっちの死体もまだ埋めてない。見られたらどうしよう。お父さんもお母さんも今いないのに、こんなとこ、見つかったらどうしよう。息を呑《の》んで母屋を見つめ、泣き出したくなった。どうにかしなくてはと思うのに、頭の中が真っ白になり、何も考えられない。

男は、開きっぱなしの玄関に一瞬だけ頭を突っ込んだ。喉《のど》の奥で、私はあっと掠《かす》れた悲鳴を上げる。が、男はそれ以上は中に踏み込もうとせず、出てきて弱ったように頭をかくだけだ。

よかった。

凍りついたような頭の片隅で一度、ほっとする。でも——。

辺りを見回す郵便配達人の視線。それが、私たちの方を向いて、ピタリと止まった。ああ、と思う。

煙が見つかったのだ。一瞬の間の後、男は再び母屋に入る。固唾《かたず》を呑んでそれを見つめる私と浩文の耳に、短い悲鳴が聞こえた。

玄関に入ってすぐに見える洗面台。あそこの下には、まだ死体が置いたままだった。顔の右半分がないあれだ。男は、腰を抜かしたように、足を縺《もつ》れさせながら玄関から飛び出してきた。再度、私たちのいる森に向け、目線を据える。

指先が、ぎこちなく震え始める。服を燃やしていた火。目の前の炎から巻き上がる煙。人がここにいると信号を発しているようなものだ。震える手で、私は浩文の肩を摑《つか》む。彼のシャツも、若干汗ばんでいる。近付いてくる男の姿。私の横にはまだ埋めていない死体が三体。一輪車に最初に愛ちゃんを載せてきた時、彼女を覆った風呂敷《ふろしき》の存在が一瞬頭を掠めたが、それだけでは、もうとても覆いきれない。

今、飛び出していって、郵便を受け取ろうか。そうすれば間に合うだろうか。それとも、この人は母屋の中を見てしまっているんだろうか、もう遅いんだろうか。目を閉じ、手で小さく拳《こぶし》を作った私に、絶望的な声が聞こえたのはその時だった。

「すいません、あの、そこの家の中で人が死――」

黙って、お願いだから。喉の途中で、私が声にならない叫びを上げたその時だった。浩文が私の手を自分のシャツから離す。すっと身をそらし、首にかけていたウサギ柄のタオルを小川に投げこんだ。啞然《あぜん》とする私に、しっと口の前で指を立てて合図する。水でずぶ濡《ぬ》れにしたタオルを引き上げ、短く私に耳打ちする。

「お前、あっち見張ってろ」

男の目が私と浩文を捉《とら》える。男はああ、と息を洩《も》らした。震えている。

「あの、電話を貸していただけますか。今、そこの家に、死体が」

男に、浩文がゆっくりと近付く。

「本当ですか？　神野さんのうち？」

浩文の声は静かだった。水をびたびたに垂らしたピンク色のタオルを背後に隠し、男の方へ手を伸ばす。衝撃からまだうまく歩けないでいる男に手を貸し、立たせてやる。男は、よろよろと浩文の手に縋《すが》りついた。

そして、その直後。男の目が、地面に放置された死体の前に凍りついた。ぎゃっと叫んで目を見開き、それきり何も言えないかのように私たちを交互に見る。怯《おび》えたような彼の目と、私の目が合った。

これ以上、人に見られないように。言われた通り、私は森の外へと見張りに出ていく。

濡れタオルを持った浩文の手が、男に向かって伸びるところを一瞬だけ見た。タオルを口に詰められた男が、苦しげに呻《うめ》くのが聞こえる。その息遣い、必死の抵抗の声を聞きながら、しかし私が考えたのは、浩文は本当に頭の回転が速いな、ということだった。私は彼のこういうところが好きだった。

半年前に前の彼氏と別れた時、私はしばらく寂しくて寂しくて仕方なかった。早く新しい恋がしたいと思ったし、浩文はそれには適当な相手だと思った。でも、結果駄目だった。どんなに浩文のことを恋愛対象として見ようとしても、無理だった。男の断末魔の叫びを背中に受けながら、こんな浩文でも駄目なんだから、本当に私はもう恋愛なんかできないのかもしれないなと思うと、何とも言えずに胸が苦しかった。

（六）

ホームヘルパーは、週三回来てくれることとなった。自分が福祉の現場で働いているためか、母のとった対応は素早かった。町からのホームヘルパーは、火・木・日曜にこの家を訪れることになり、その間の水・金は、デイサービスセンターの日。祖父母は、そこで食事やお風呂などのサービスを受けることができるという。物理的に私たちが楽になったのは言うまでもないけれど、それ以上に精神的な救済が本当に大きかった。荒れ放題だったこの家で、祖父母が人の手を借りながらでも、徐々に人間らしい生活に戻っていくこと。それが、何より嬉《うれ》しかった。

洗濯物を干して居間に戻ると、母は来てくれたホームヘルパーにお茶を振る舞っていた。眼鏡をかけた人の良さそうなおばさんが、母と談笑している。

「あら、ごくろうさま」

入ってきた私を見て、彼女が頭を下げる。私も笑って、「こんにちは」と挨拶《あいさつ》した。母が私の分のお茶を淹《い》れてくれた。

居間の脇のベッドに祖母が寝ていた。微動だにせず、静かに目を閉じた顔は、驚くほどあどけなく無防備だった。人は年を取ると子どもに返っていくとよく聞くが、本当に無垢《むく》な表情をしている。しばらく座って、動かない祖母を眺めながら、私は尋ねた。

「お父さんとおじいちゃんは？」

「ああ、外でごみ燃やしてるわよ。おじいちゃんも、家の中ばっかりじゃなくて少しは外に出ないと」

燃やしてるのは、今度こそ、きっと服でも死体でもないはずだ。私は「ふぅん」と呟《つぶや》いて、彼女たちと一緒に座る。

「神野さんのところはご夫婦そろって元気だからいいですよね。一人暮らしの利用者の方たちはみんな寂しそうだけど」

「喧嘩《けんか》ばっかりなんですよ」

母が苦笑しながら答える。

「たまに、心配になるくらい。父もとても頑固で、プライドばっかり高いものだから大変なんですよ。十年くらい前までは、よく子どもの世話になるくらいなら、潔くこの家を自分で潰《つぶ》すだとか、きれいさっぱり死んでやるだとか、威勢のいいことを言ってたんですけど」

お茶をすすり、窓の外、祖父と父がゴミを燃やしている方向に向けて目を細める。

「今、こんなことになってみると、もうそんな風には言っていられませんよね」

母の声を聞きながら、私は想像してみる。祖父の覚悟。この家を潰すということは――。想像し、嫌な気持ちになって肩を竦《すく》める。

「ここの集落、全部で何世帯くらい入ってるんですか？」

ヘルパーさんが、反応に困ったように話題を変えた。母は首を傾げながら、「さぁ、五世帯くらい？」と答える。

「やっぱり段々と、その中でも人離れが進んでるみたいですね。うちの隣も、その隣も、もう子ども夫婦のとこに行ったみたい。ついこの間まで住んでたんだけど、今空っぽだから」

「ああ、そういえば、何ヵ月か前に女の子が行方不明になって山狩りをしたんですよ」

ヘルパーさんが声をひそめる。母がああ、と頷《うなず》いた。

「愛子ちゃんでしょう？　私も聞きました。かわいそうに、まだ見つかってないんですって？」

「ええ。山に入ったまま、迷っちゃったんじゃないかって。その子のおうちも、前を通っても静かですね。もう、ここからは引っ越すのかもしれない。この辺、他にもあまり人の出入りがないし、心配ですね」

「ええ。私も来るたびに近所のおうちに挨拶に行くんだけど、どの家もいたり、いなかったり」

そう言う母は、完全に素の声をしていた。彼らがどうなったのか。あの死体の山のことを忘れたわけじゃないだろう。犬小屋から出てきた愛ちゃんを忘れたわけじゃないだろう。けれどあまりに自然にそう言うから、つい不思議な気分になる。

そういえば、今日も来る時には車中で一度も死体の話にならなかった。話題はいつでも、おばあちゃんが溜《た》めこんだ服のことばかり。

そういえば。

私は思う。

二回目に死体を埋める時、浩文が穴を掘ってくれたのは一度目とほとんど変わらない場所だった。だけど、一回目に埋めた死体は、あそこからは出てこなかった。

「お住まい、どちらなんですか？　ヘルパーの仕事は、もう長く？」

「ああ、私パートなんですよ。隣の○○町から嫁に来て、それからはずっと専業主婦。そのせいで世間知らずで、今になってようやく、ちょっとでも人の役に立ちたいと……」

私はお茶をすすりながら、何の気なしにテレビを見つめる。地元テレビ局のローカルニュースは、昨夜県の中心部で起きた火事についてやっていたが、しばらくすると見覚えのある場所に画面が切り替わった。

『……××村の大瀬《おおせ》川で見つかった——さんの遺体は、バイクに乗ったままの状態で誤って大瀬橋から転落したものと考えられ……』

見覚えのある川と橋。転落の衝撃で壊れたという、赤いバイクが画面に映る。散乱した郵便物、積み荷の入っていたボックスがぼこぼこに潰れて川の水に浸っていた。

「これ、すぐそこでしょう？　来る途中に、花が手向けてあるの見ましたよ」

母との会話を中断し、ヘルパーさんが言った。

「本当にどうしてかしらねぇ。なんだか、聞いた話だと落ちたのが直接の死因じゃないのかもしれないらしいですねぇ」

「やだ、怖い」

母が演技にしては巧《うま》すぎる顔つきをしながら、自分の両腕を抱いた。ごまかすためなのかもしれない。だけど、白々しいくらいに素直な声で「この辺りでそんな」と声を詰まらせた。

「居眠りしていたかもしれないって聞きましたけど？」

「ああ、なんか役場の人の話だと、心臓麻痺《まひ》かもしれないって。落ちた時のショックか、急に心臓が止まって、それで橋から落ちたのか、どちらかわからないらしいけど」

「かわいそうに」

悲しげに目を伏せて、母が言う。

「さっきの女の子のこともそうだけど、近くに山や谷がある環境は、日常住むには確かに怖いですね。うちも、ここにいる親のことが心配だから」

私は無言で湯のみにお茶のおかわりを注ぎながら、母に微《かす》かな不信感を持つ。何だって、そんな表情をするのだろう。私たちのために、浩文がどれだけ頑張ってくれたのか。それを忘れたとでもいうのだろうか。

浩文の鮮やかな仕事ぶり。息の止まった郵便配達人を、橋の上でバイクに乗せ、そのままエンジンをかけて、川に落とす。一瞬のうちにそれらの作業を終えてしまった浩文は、まだ川を覗《のぞ》きこむ私の頭をはたき、「さっさと仕事するぞ」と告げた。

お茶受けのせんべいをほおばりながら、私は早く東京に帰りたいと思った。だって、あそこに帰れば、私はもう関係ない。

だらだらと何も考えずに本が読みたいな。

そんなことを考えながら、私はゆっくり、目を閉じた。

かわいそうに。かわいそうに。かわいそうに。

母の声が聞こえる。

したいって、何を。

父の声が聞こえる。

したいなんて、出てくるわけないよ。

エピローグ

車を降りてすぐ、母屋《おもや》の前に犬小屋の赤い屋根が見えた。

私は、きょとんとして足を止める。見覚えのある小屋を前に、これはどういうことなのかと立ち尽くす。

振り返ると、父がトランクの前でしゃがみこんでいるのが見えた。積み荷を下ろそうとしている。

「お父さん、これどうしたの。小屋が」

「うん？　なに？」

「これ、この犬小屋。ペロの」

この犬小屋から死体が出てきて、ペロはこの家を追い出された。けっこう利口な犬だったから、ひょっとして帰ってきたんだろうか。山の麓《ふもと》からこの家まではけっこうな距離だ。だけど小屋は？　燃やしてしまったはずだ。どこかから拾ってきた？　そんな、まさか。

「これ、ペンキの色も、前と同じ。でも、おかしいな」

「つつじ、何言ってるんだ」

父はそう言うと、「持ってくれるか」と、トランクに積まれていた紙袋を私に手渡す。私は少しむっとする。この間から、お父さんはひどい。あれを全部、なかったことにしようとしている。

「ねぇ、お父さん。今日も死体あるかもしれないよ。確認しないと」

「は？　死体って……」

母屋に向かおうとした父が、振り返って言う。当惑したような顔。死体だらけの腐臭の中、作業をしてもいいというんだろうか。

「ネズミの死体のことでしょ？」

車から、母が降りる。その顔がひどく憔悴《しょうすい》して見えた。頬がやせこけ、泣きはらした後のように目が赤い。

「赤い、ネズミ退治のための毒の餌、まいてあったでしょう？　あれで死んだネズミ」

「ああ、ネズミか」

合点がいったように父は頷き、私の方を見ると苦笑めいた表情を浮かべた。

「ネズミの餌はもうないよ。あれ、おばあちゃんたちまいてたみたいだけど、古いし汚いからね。この間、一緒に片付けただろう？」

「ネズミ？」

座敷に散らばった、小豆《あずき》のような赤い粒。あれを思い出しはするものの、私は首を傾げた。ネズミの死体は、あの散乱した中に果たして存在しただろうか。

そうだっけ。ネズミだっけ。

「ぐずぐずしないで、さっさと行きなさい。義兄《にい》さんたち、まだ来てないみたいだけど、早く、支度しないと」

義兄さん。

おじさんたち、今日は来るのか。母が私を見た。

「つつじ、早く着替えなさい」

父から受け取った紙袋。それを片手に、私は母屋へ急ぐ。いつもの習慣でつい、腐臭を覚悟して息を止める。けれど、玄関を開けてすぐ、私ははたと足を止めた。

息を止めていても、匂いがわかった。

お線香が、どこかで燃えている。

玄関の脇に、ウサギの柄のピンク色のタオル。濡《ぬ》れたり、よれたりした形跡もなく、ただそこに置かれている。それを手に取り、そしてすぐに下ろした。

別れた、浩文。理想的な、恋の相手。

ふっと心がざわざわする。

奥の座敷に上がりこむ。衣類と、死体の散乱した、あのひどい状態だった部屋。そこはきれいに片付けられていた。線香とろうそくの炎が燃えていた。

見覚えのある顔。写真が、菊の花が置かれていた。

息を吸うと、懐かしい匂いがした。この家の匂い。幼い頃から、知っていた匂い。もうずっと忘れていた匂い。従兄弟《いとこ》とかくれんぼをした押し入れ、洗面台の下。追いかけっこに興じた、長い廊下。

遺影の顔が、微笑んでいる。

――潔くこの家を自分で潰《つぶ》す？

私は、この家が大好きだった。

久々に訪れたら、荒廃していた。今は――。にわかに作られた祭壇の向こうに、日めくりカレンダーがかかっているのが見える。

日付は、五月五日。

私は、視線をカレンダーから自分の手にしている紙袋の方に落とす。

中に、昨日、デパートで買ったばかりの服が入っていた。まだ大学生の私は、きちんとした喪服を持っていなかった。父方の祖母が亡くなった時、私はまだ中学生で、制服を着ていた。

母屋を出ると、到着したらしい兄弟たちと母が話しているのが見えた。あれだけ騒がしい親族なのに、誰も笑わない。皆、険しい顔をして、静かに向かい合っている。

燃やしたはずの犬小屋の前で足を止め、しゃがみこんだ。暗い小屋の中を覗きこむ。中は真っ暗だった。影が見える。呟《つぶや》くように言った。

「おとうさん、死体があるよ」

声に、少し離れた場所にいた父が「え」と顔を上げた。

中を眺めながら、せっかく帰ってきたのに、餌がないから死んでしまったんだろうか、と考える。だとしたら、ペロはまったく根気のないやつだ。あの時のように、自分でとってきたらいいのに。

犬小屋の中で、かつてのペロの腐った餌に小蠅がたかっているのが見えた。そういえば、この家の死体の片付けの最中、私は蠅を一度も見なかった。

立ちあがり、家に向かう。息を吸い込む。

私は顔を上げ、家の奥に祖母を呼ぶ。

どこか近いところで、鳥が鳴いている。

幼い頃から、私はこの家に来る度によくこの鳥の鳴き声を聞いた。「ふふう、ふふう」と聞こえる低い声。それが、何という鳥の声なのか知らないが、それは私が幼い頃も、成人を迎えた今年も、少しも変わらず、同じようにこうやって聞こえてくる。

私はこの家が大好きだった。

# ふちなしのかがみ

（一）

九月十五日　冬也

エレベーターを降り、顔を上げると、玄関のドアにペタリと背中をつけて、少女が座っていた。

眩《まぶ》しいほど白い色のソックスを履いた足を前に投げ出し、着ているワンピースのスカートが汚れることもお構いなしに、床に座り込んでいる。

彼女は首を下に向け、目を閉じていた。眠っているように見えた。

それはさながら、そういうポーズを取らされた等身大の人形のようだった。廊下を照らす蛍光灯に晒《さら》された顔が青白い。明かりに引き寄せられた蛾が照明の前で舞うシルエットが、その上にくっきりと映し出されていた。

こんな時間に、何でこんなところに子どもが？

外では雨が降っていた。いつからここにいるのかわからないが、彼女の髪は微《かす》かに濡《ぬ》れているようにも見える。

高幡冬也《たかはたとうや》は、ゆっくり彼女に近付き、声をかけた。

「ねぇ」

時間はもう夜の十一時を過ぎている。廊下に自分が現れたというのに、少女が目覚める気配はまるでなかった。力なくだらりと垂らした腕の、その爪がとても小さい。

彼女の返事はなかった。

何だか嫌な予感がする。

「どうしたの？」

頭に手を触れた瞬間だった。軽い力を込めただけだったのに、彼女の身体がぐらりと横に傾く。長くつやつやとした黒髪が、ざらりと揺れた。バタン、と音を立て、彼女が倒れた。

冬也は息を止めた。

倒れた少女の首の下に、赤紫色に鬱血《うっけつ》した一筋の線が見える。その筋の上に、蛾が舞う黒い影が浮かび上がる。一歩、身体を引く。彼女の頭に触れた時の、自分の手のひらの感触。雨に湿った、生暖かい髪の毛。それが急に生々しく、禍々《まがまが》しいものに感じられる。逃げ出したかった。悲鳴を上げたかった。が、冬也の頭の中にはただ、信じられないという思いだけがあって、それがそうさせなかった。だって、こんなことがあるわけない。

おそるおそる少女の口元と鼻先に手をかざす。背負《しょ》っていたサックスのケースが肩からずるりと落ちた。呼吸が感じられない。雨音がより際立って聞こえ始める。人形なんじゃないかと、それを確認したくて頬に触れると、弾力のある肌が自分の指の形にへこんだ。

「ひっ」

その感触に、冬也の喉《のど》からようやく短い悲鳴が出た。彼女は目をぐったりと閉じたままだ。

少女は死んでいた。

（二）

八月上旬　香奈子

「ねぇ、マイコ。聞いた？　二組の吉田《よしだ》サン、あれ試してみたんだって」

呼びかけられたマイコが大きな声で「ゲ」と呟《つぶや》いた。技巧がかった仕草で顔をしかめる。

「うっそ。マジで？　吉田って、あの子、誰狙いなんだっけ」

「タカシ」

「うっそー。本当？　で、どうだったって？」

「吉田サン、自分の花嫁姿が映ったとかって、すっごいバカみたいにはしゃいでぇ、同じクラスのヤツらは超キレてたって話だよ。嘘なんじゃない？　って」

「ね、何それ？　何の話？」

飲んでいたモスコミュールのグラスの側面を指でなぞりながら、香奈子《かなこ》は二人に問いかけた。

「今、うちのガッコで流行《はや》ってんの。この店で会う子たちともたまにその話になるよ。知らない？」

サキの声に頷《うなず》き、それから首を振る。

「え、カナ知らない。試してみたって、それって占いか何か？」

「うん。ちょっと面白いんだー。あのね、自分の未来を見る方法」

「未来？」

「うん」

ありがちかも、と短く断ってから、サキが説明する。

「よくある話。自分の未来の姿が鏡に映るっていうヤツ。昔、流行ったことない？

私たちのとこは小学校の時に一回流行ったよね？」

彼女が横のマイコの顔を覗《のぞ》きこむ。マイコも「そうそう」と同調し、

「大きい鏡を用意して、条件満たした状態で午前零時ぴったりにそれを見ると、そこに一瞬だけ自分の未来の姿が映るの。これ、すっごい当たるんだって！　狙ってる男いるヤツとかみんなやってるよ。私の友達なんか、これで彼氏のタキシード姿が見えたって言ってた。結婚するんだって大騒ぎだよー」

「へぇ。だけど、それって本当？　ホントに見えたのかな」

「んー、見えるのは一瞬だけらしいけどね。あと、きちんと条件を満たさないと駄目だし、信じてる気持ちが弱いと見えないんだって。私、まだやってないけど、あんまり軽々しくやりたくないしさぁー。やっぱ、どうせなら、本気な男がいる時にやってみたいでしょ」

あーあ、ここにはろくな出会いが落ちてないしさ。

そう言って、様々な人が行き交うフロアをちらりと一瞥《いちべつ》する。

「ふーん、そんな占いが流行ってるんだー。カナ、ちょっと興味あるかも」

その一言に、マイコがにやにやとした表情を作って顔を上げた。からかうような口調で、香奈子に尋ねる。

「なーに、カナちゃん好きな男でもできた？」

「うーん、そういうわけでもないけど。自分の未来ってちょっと気になるじゃん。ねぇ、鏡を使う時の『ある条件』って何？　難しいこと？」

「ううん、それは全然」

サキが「意外だ」と、笑いながら呟く。

「そう？　カナちゃんは、こういう非現実的なことは嫌いかと思ってた」

「カナ、昔から占いは好きでよく見るよ」

神社に行けば、おみくじだって引くし。ただし、いい結果の場合しか信じないけど。

「ろうそくを使うの」

サキが教えてくれる。

「自分の年の数だけ、ろうそくを用意するの。アロマキャンドルとかでもいいみたい。私の友達はそうしたって言ってたし。長さもどれぐらいでもいいみたいなんだけど、でも色は赤って決まってる。それを、鏡に全部映るように並べて、火をつけるんだって。その状態で鏡を背に立つ。そうして、午前零時に振り返ると、炎の向こうに自分の未来が映ってるんだって」

「へぇ」

床を揺らす重低音のベースのリズム。椅子に座っていても感じる音楽による振動。頭の上に降り注ぐ、管楽器の奏でる高いメロディー。

古今東西のジャズを大音量でかけるこの店は、顔をかなり近付けなければ会話することができない。

そもそも香奈子がこの店に通い始めたのは、ジャズの生演奏を聞きたいがためだった。テクノでもトランスでもなく、ミュージックにジャズを採用しているクラブ。ここでサックスの演奏を担当している青年が目当てだ。

まだ、高校生なのに本当にすごいんだよ。そんな噂を聞き、いてもたってもいられなくなった。顔を見てみたい、演奏を聞いてみたい。そうせずにはいられなかった。

そして、彼が実際に演奏する姿を初めて見た時の衝撃は、香奈子にとって生涯忘れられないものとなった。

身体が、凍りついたように動かなくなった。彼の吹くアルトサックスの力強い音色、キレ長の目と、引き締まった頰、しなやかな指。すべてから目が離せない。胸を撃ち抜かれたような激しいショック。中でも彼の顔、姿かたちに度肝を抜かれた。

「高幡冬也だ」

その頃知り合ったばかりのサキが言った。一瞬前までお喋《しゃべ》りに興じていたはずなのに、やはり彼の出す音に話をやめていたようだった。彼女につられたように、マイコも言う。

「ホントだ。今日も絶好調だねー。相変わらず学校とここじゃ、全然雰囲気違うけど」

「サキちゃんたち、あの男の子のこと知ってるの？」

「知ってるっていうか、あいつ、うちの学校なんだよ。本当はうち、バイト禁止なんだけど、あそこまで堂々とやってると逆に誰もチクったりしないんだね。呆《あき》れる」

「たかはた……とうや」

彼の名を呟いてみる。声に出すと、胸にその発音が一音一音、沁《し》み込んでいく。ひんやりと冷たい響き。一瞬遅れで、息が詰まるような感覚が香奈子を襲う。容赦のない息苦しさに胸が圧迫される。

「顔が派手だから、イイって言ってる子も多いんだけどさ。学校だとただアイツがない暗いヤツってカンジなんだよぉ。ねぇ、サキ」

「うん。だけどやっぱ、ここでこうやって見ると結構イケてんね」

彼のサックスの音は、フロアの人々の注目を独占しているように思えた。さっきまで流れていたピアノの演奏とは明らかに印象が違う。恐ろしいのは、ジャズやサックスに関して素人《しろうと》同然の香奈子ですら、彼の演奏が一級品であろうことを瞬時に悟ってしまったことだった。

一際長い、音の響き。

その余韻を残しながら、曲が終わる。高幡冬也がサックスを口元から離した瞬間、店内はしんと静まり返っていた。まず、軽い一つの拍手の音が聞こえた。かと思うと、次の瞬間、冬也は店内の客すべてからの拍手をその身に浴びていた。満足気に悠然とした笑みを浮かべ、頭を下げる。

信じられなかった。

それまでの演奏で、拍手なんて、ただの一度も起こらなかったはずなのに。手が震え出す。頭の一部分が、麻酔にでもかかったようにぼんやりとする。演奏に対する感動、堂々と観衆に身を晒《さら》す彼への憧《あこが》れ、もどかしさ、切なさ、興奮、喜び、悲しみ、怒り。その時の自分の感情に、名前などつけられなかった。ただ、苦しかった。楽になりたかった。だけど、どうしていいかわからなかった。

もう十秒そのままだったら、香奈子はその場で立ち上がり、叫び出していたかもしれない。どうしようもなくて。胸にこみ上げた狂おしいまでの激情に呑まれるまま、そうしていたかもしれない。

けれどその時だった。

「カナちゃん、どうしたの⁉」

驚いたようなサキの声がして、香奈子はそれによりはっと我に返った。

「何？　どっか痛いの？」

ようやく気付いた。自分の頬が冷たく濡《ぬ》れていること。両方の手を握り締め、唇を噛《か》んだまま、拍手の中で香奈子は泣いていた。

彼のことを、もっと知りたい。

「何でもない。ごめん、コンタクトのせいで、目が痛くて」

慌てて目頭を右手で押さえる。サキ達にバレないようにと精一杯の平静を装う。相変わらず、自分の気持ちに名前はつけられなかった。けれど、その時に決意していた。

明日《あした》も、ここに来よう。明後日《あさって》も、その次の日も。ここに来て、彼のことが見たい。

高幡冬也の姿を、見たい。

今日も彼の演奏がある。

が、そろそろ始まるという頃になってサキとマイコは高校生風の二人連れの男の子に声をかけられ、彼らについていってしまった。そうやって見ず知らずの彼らと盛り

「私、香奈子。カナって呼んで」

——あの子たちは好きな友達だけど、いなくなってくれて丁度よかった。

香奈子はほぼ毎日、一番ステージがよく見えるこの席に座り、たっぷり余韻に浸って帰る。今日は一人静かに、彼を見ることができそうだった。

演奏が始まるまでの短い間、一人でグラスを傾けながら、今聞いたばかりの『鏡占い』について考える。

本気の男、という言葉をサキは使った。自分の冬也に対する思いを何と呼ぶのかはわからない。ただ、初めて本気で人を好きになった時に感じた胸の痛み。彼を見た時に、まずそれを思い出した。

ライトが角度を変えて、ステージを照らす。彼の出番が近い。

鏡を使って覗《のぞ》きこむ、自分の未来。幸せな未来。

自分は、今日こそ冬也に話しかけることはできるのだろうか。

## 八月半ば　香奈子　(三)

「ね、カナちゃん。今日、学校で高幡冬也のちょっと意外な話、聞いちゃった」

いつものようにサキやマイコと冬也の店で落ち合い、彼のサックス演奏を聴いている最中、いつもより若干低いトーンの声で、サキが囁《ささや》いてきた。香奈子は、冬也の姿を視界の隅に意識しながら「何？」と振り返る。

「なんかさぁー、ちょっとドラマみたいな、あんまりシャレになんない話なんだけど」

サキの切り出し方に、ちらりと嫌な予感が頭を掠《かす》める。

冬也に誰か恋人でも？　その可能性を考えると、それは一瞬で炎のゆらめきのように香奈子の胸を撫《な》でて焦がした。嫌。絶対に嫌だ。

しかし、サキの口から次に出た言葉による衝撃は、恋人の存在以上のものだった。

「高幡冬也ってさ、なんかよくわかんないけど、有名な作曲家、――高幡、ユウイチロウって言ったかな？　知ってる？　その愛人の子なんだって」

「サキは知らなかったけど、うちの学年じゃ結構有名な話だったんだよ」

マイコが横から口を挟む。

「あいつ、浮気相手の子どもなのに、実の母親も死んじゃってて、今一人暮らししてるみたい。テンガイコドクって、よくドラマとかでは見るけど、今の冬也の状態ってそれなのかなぁ。苗字《みようじ》が同じだし、父親にはニンチしてもらってるって話だけど、偉いよね。あたし、冬也のことちょっと見直したなー。このバイトも自分の生活費のためなんだとしたらケナゲだよね。泣ける話だ」

「それ、本当？」

身体の中枢が白々と冷えていくような感じがあった。冬也のことを考える時、香奈子はいつもこうだ。気まずいような、息苦しいような。

ワイドショーで見る芸能人のスキャンダルに興じるのと何も変わらない様子で、サキが続ける。

「うん。なぁんか、ちょっと外道な話だよ。本妻の子どもよりも、愛人の子なのに冬也の方が年が上なんだって。本妻、立場なくない？」

無責任に面白がるように、マイコも笑った。

「結婚する前も後も、同じ愛人とずっと続いてるなんて、作曲家ってやっぱどっか普通の人とは感覚がズレてるのかな。でもさ、ひどくない？　そんな状態なのに結婚してあげなかったなんて、結局冬也とお母さんは、父親に捨てられたってことだよね」

「捨てられた……」

ほとんど息を止めて、香奈子はどうにか頷《うなず》いた。

愛人の子、天涯孤独、認知。捨てられた。

彼女たちの口から聞くと、言葉のどれもが薄っぺらい。が、それらひとつひとつを頭の中で反芻《はんすう》し、咀嚼《そしやく》する。

言葉の持つ暗い響きに心が吸い寄せられる。捨てられた。見捨てられた存在。一人きりであることの孤独。

その時初めて胸に湧き起こった感情があった。心を大きく、揺り動かされる。

冬也のことが、たまらなく愛《いと》しく思えた。父親に見捨てられたという彼の心の影、孤独。香奈子にならそれが理解できそうな気がした。自分でよければ、彼を支える存在になりたい。その痛みを自分が彼の代わりに半分背負う。そうやって生きていけたらどんなに幸せだろう。彼の心に、気持ちがどんどん同調していく。

自分の未来。

温かな家庭で、彼の子どもを育ててみたい。彼の子なら、きっと音楽の才能にだって溢《あふ》れているに違いない。そう、楽器を習わせよう。男の子ならサックス。女の子なら、ピアノ。

甘く夢見る香奈子の肩を包んでいた音色が途切れた。演奏を終えた冬也が観客に向けて頭を下げる。潮のざわめきのような拍手の音。

その時だった。

礼をしていた冬也が、ゆっくりと顔を上げ、正面に向き直った。サックスを脇に抱えたままの彼と香奈子は目が合った。瞬間、宙で視線と視線が結ばれて、胸が高鳴る。そして、それだけではなかった。

冬也はそのまま——香奈子と目を合わせたそのままの状態で、ふいに表情を緩めた。柔らかく微笑みかける。

視線が離れる。空気も割れんばかりの拍手が、それに続いた。拍手をすることも忘れて、香奈子は呆然《ぼうぜん》と舞台を降りる彼の姿を目で追いかける。今、冬也は香奈子に向けて笑いかけた。間違いない。彼は私を見ていた。

頬が熱く、身体の内側が火照る。気恥ずかしさと嬉《うれ》しさが、喉《のど》をついて今にも飛び出しそうだ。そんなはずはないと自分に言い聞かせながらも、香奈子は確信していた。孤独な彼を幸せにしてあげたい。それができるのは、彼の気持ちを理解できるのは自分だけなのだと。

その日の帰り道、赤いろうそくを雑貨店で買った。年の数だけ用意して、火をつけて、大きい鏡の前に立つ。午前零時、自分の幸せな未来を見るために。

まだ、胸が速く打っている。冬也の目、その光の残像が瞼《まぶた》の裏側にいつまでも張りついて消えなかった。

——私は、高幡冬也くんを、不幸だと、孤独だという彼を幸せにすることができますか。

明かりを消した暗い部屋で、ろうそくを注意深く並べながら、香奈子は口の中で繰り返す。神様、神様……。縋《すが》るような気持ちで、呪文《じゅもん》のように唱える。私の未来、冬也くんと一緒ですか。

すべてが鏡に映るようにと間隔を詰めて並べた、赤いろうそく。それを眺めながら、香奈子は携帯電話を手にする。スピーカー設定のボタンを押し、一一七をプッシュする。呼び出し音一回の後、すぐに無機質な女の声が流れてきた。

『——午後ジュウイチ時、ゴジュウゴ分、ニジュウ秒をお知らせします』

自分の部屋の姿見を見つめ、深呼吸する。携帯を机の上に置き、鏡の中の自分の姿を見る。決して不器量というわけではないと思う。私には、だからきっと幸せになれるだけの権利も材料もある。大丈夫。

ろうそくにひとつひとつ火を灯《とも》し、その炎が鏡の中にゆらめくのを確認してから、香奈子は鏡を背にしてゆっくりと立った。幻想的な炎の照明は、まるで自分が映画のヒロインにでもなったかのように思えて、気持ちがさらに高揚していく。

時間を告げる淡々とした声が続く。

『ゴジュウ、ハチ分、ヨンジュウ秒をお知らせします』

ろうの溶ける匂い。その空気を胸に浅く吸い込む。鏡のこちら側と向こう側で揺れる、たくさんの炎の輝き。目を閉じて、香奈子はただその時を待つ。

『午前レイ時、丁度をお知らせします』

目を開け、鏡を振り返る。自分の未来、それを念じて。緊張が背筋を這《は》い上がる。

一瞬、鏡の中に何かが横切った。それが見えた気がした。炎の向こう、誰かの姿を見たと思った。

香奈子は目を見開いた。

子ども。

鏡の中には、もう炎にライトアップされた自分の姿が映っているだけだ。しかし、香奈子の目にさっきそこに見た影の姿はくっきりと焼きついていた。思い出そうとすればするほど、どんどん鮮明に像が結ばれていく。

それは子どもの姿。女の子だった。

一瞬だけだったが、その顔は確かに自分の顔立ちとよく似ているように思われた。しかし、それだけではない。少女のキレ長な目、あれは自分のものとは少し違う。香奈子の目は丸くて大きいし、瞼だって、あの子は一重だった。香奈子は二重なのに。キレ長の目。涼しげな一重の瞳《ひとみ》。記憶の中でその特徴が、別の誰かと結びつく。高幡冬也の目は、そうだ。彼女と同じ特徴を備えている。

両手が小刻みに震え出す。そのくらいに、今見たものは現実感を持っていた。鈍い確信が、ゆっくりと頭の芯《しん》にこみ上げてくる。

今のは、きっと、自分と冬也の未来の子どもだ。

「それで、何が見えたの？」

『鏡占い』を試したその次の日の夜。いつもの店でサキに会った香奈子は、一部始終を彼女に話すことにした。もうそろそろいいだろう、自分の冬也に対する思いはサキにはすでにバレているかもしれないし、何よりもまず、自分が昨日見たものについて早く誰かに聞いて欲しかった。

「それがね」

香奈子はいつものカクテルを一口飲んで、気持ちを落ち着ける。顔に、自然と笑みがこぼれてしまう。気持ちがはしゃいでしまう。

「子どもが見えたの」

「子ども？　へぇ、それってカナちゃんがお母さんになるってことなんじゃない？」

うん、と小さく頷き、香奈子はぎこちなく彼女から目を逸《そ》らした。なんだか妙に気恥ずかしい。背中がむず痒《がゆ》い。

「それが、ちょっと驚きなんだけど。その子、私の好きな人にちょっと似てたの」

本当はかなり似ていたのだけど、謙遜《けんそん》のようについ「ちょっと」とつけてしまう。

「え、カナちゃんてば好きな人いるんだ？　どんな人？」

頬がカッと熱くなる。顔を覗《のぞ》きこまれて、香奈子は声を途切らせながら、彼の名前を答えた。

「と、うや君」

「え？」

サキの表情が止まった。驚いたように目を瞬《しばたた》く。それにより、彼女が自分の気持ちに気付いていなかったらしいことがわかり、香奈子はそれこそ、この場から逃げ出してしまいたくなる。俯《うつむ》き、身を硬直させていると、しばらくしてから、サキが「へぇ」と呟《つぶや》いた。

「そう……、なんだ。びっくり。『とうや』って、あの、ここでバイトしてる、あの高幡冬也のことだよね？」

「うん」

「本気で言ってるの？　カナちゃん」

顔を伏せたまま頷《うなず》く。サキは相当驚いている様子だった。しばらく黙った後、吐息とともに「そっか」と声を吐き出す。微《かす》かに笑みを浮かべながら、香奈子を見た。

「なんか、カナちゃんってかわいいよね。自分のことカナって喋《しゃべ》るのとか変わってて面白いし。私、カナちゃんのそういうトコとかすごく好きなんだけど、そっか、高幡ねぇ」

「おかしいかな？」

釣り合わないかな？

不安に駆られて尋ねる。サキは首を振った。

「うーん、驚いたけどね。カナちゃんがそう思ってるんだったら、私はいいと思うよ。

気持ちに正直でいて欲しいし。ただ――」

　そこまで言って、サキがふと真面目な顔つきになる。自分と香奈子の飲み物を机の横にずらし、香奈子のほうへ顔を近付けた。

「その鏡の話は、これ以上はあんまりのめり込まないほうがいいかもよ？」

「どうして？　だって」

　サキが声をひそめ、そっと続けた。

「私の友達が一人、あの占いのせいでちょっとやばい感じになってた。あれ、ひょっとすると怖いかもしんない」

「怖い、って……」

「やってみて、鏡に自分の血だらけの姿が映ったんだって」

　サキの声は真剣そのものだった。驚いて、香奈子は彼女の顔を見つめ返す。

「それからはもう、ノイローゼ状態。毎日毎日、自分が死ぬんじゃないかってびくびくして。この噂がどこから来たのかってことを必死に探し回ってた。噂の出所を探せば、どうにかできるんじゃないかって。私のところにも電話かかってきたよ。その子、親が離婚したり、家の中でゴタゴタがあったばっかりで、だからシンケイ参ってたってとこもあったんだろうけど。――そんな時にこれが重なって、とにかくどうにかしたいって泣いてて、大変だったんだから」

「その子はどうなったの？」

死んだの、という声を喉《のど》のあたりでかろうじて飲み込んだ。サキが続ける。

「鏡の中と現実のキョウカイがね、だんだん曖昧《あいまい》になってきちゃったんだって。そう言ってた。普通に鏡を見てる時でも、そこに映ってる自分は血だらけなんだって。そのうち、鏡の中の『自分の未来』が、こっちの自分に血まみれの手を伸ばしてくるようになったって言ってた。自分のことを殺そうとして、現実の、こっちまで来ようとしてるって」

「やだ、そんなの」

怖い、と呟き、咄嗟《とっさ》に腕を抱く。想像するだけで、背中にぞっと悪寒が走る。

「でも、それもどうにか治ったみたい。方法が見つかったって、この間会った時はもう元気になってたからさ、本当、人騒がせな話なんだけど」

「助かる方法があったの？」

「うん。でも、私も聞いたけど、あんまり感じいい方法じゃなかったよ。『映った未来を取り消す方法』って言うんだって。カナちゃんは、今回見えたことに満足してるんでしょ？　だったらいいじゃん」

「うん。それはそうだけど」

「ただ、気をつけてって話。あんまりマジになると怖いから。映ったものは半分ぐらいに考えとけば？」

「うん」

頷きながら、香奈子はしかし内心で面白くなかった。それは嫌だ。せっかくの冬也と自分の幸せな未来、あれは現実にこれから起こることなのだ。『半分』でいいわけがない。

苛立《いらだ》ちを抱えたまま、香奈子は腕時計に目を落とす。そして「あ」と声を上げた。

「ごめん、門限だからもう帰るね。親、心配するから」

「もう帰るの？」

サキもつられたように、自分の携帯電話を見る。時計表示を確認して、それから「ふうん」と呟いた。

「いまだに門限があって、しかもそれ守ってるなんて、やっぱカナちゃんて面白いっていうか、ちょっと変だよね。私なんか最近、家自体あんまり帰ってないもん。ま、私の場合は遊びすぎなのかもしれないけど。それにしたって、自由になりたいとか思わない？」

「お金、ここに置いてくから」

その言葉もどこか自分をバカにしている気がして、香奈子はすぐに席を立った。サキの「バイバイ」という声を背に受けながら、振り向かずに黙って店を後にする。

私は。

私は、冬也くんと幸せになるんだ。彼を幸せにしてあげるんだ。

あの鏡の『未来』が実現するのならば、冬也と自分はいつか何かをきっかけに言葉を交わすことになるはずだった。そして付き合い始めるのだ。

彼が自分に話しかける日は、いつ来るのだろう。それが、今日なのか明日なのか。想像するだけで、香奈子は嬉《うれ》しいような、くすぐったいような気持ちになるのだった。

一度店から帰る冬也のことを、彼の家までつけていってしまったこともあった。店からほど近いマンションの中に彼の姿が消えた時、ふと冷静になって、香奈子は思わず苦笑した。焦ることとなんて何もないのに、そうしなきゃいられないなんて、私ったら。

妙な現実感を伴った夢を、あれからというもの毎夜見るようになっていた。

サキなんかにはわからない。あれは紛れもない『未来』なのだ。夢の中の彼と香奈子とは、旅行に行き、自分の作った料理を一緒に食べ、穏やかに生活していた。

目と目を見合わせ、笑っている彼と自分の顔。横では、あの少女が愛らしい笑い声を上げながら、転げまわっている。真新しいピアノが置かれていた。買ってもらったばかりなのだろう。

『あなたの子どもだもの。きっと才能があるわよ』

香奈子が言う。彼はただ、黙って笑っていた。

幸せだった。本当に、幸せだった。

（四）

八月下旬　香奈子

香奈子がその女を見た時の衝撃は、冬也を初めて見た時のそれよりも、ある意味では強いものだった。

サキやマイコと他愛ない話をしている最中、ふと顔を上げると、冬也がその女を連れてフロアを歩いていた。

顔が小さく、線の細い女だった。冬也の横、彼女が笑いかけ、彼も笑う。冬也は今日は、完全なる客として来ているようだった。周囲を歩く人々から声をかけられるたび、二人して軽やかな声でそれに応《こた》えていく。

「ちょっと」

気遣うようなサキの声。香奈子の身体は動かない。マイコが言った。

「あれ、小宮麻里《こみやまり》じゃない？」

コミヤ、マリ。

「うちの二年。すっごいかわいいって、うちのクラスの男子もよく騒いでるよね？　うわぁ、驚きだ。あの子、高幡と付き合ってるわけ？」

冬也が顔を麻里に近付け、何事か囁《ささや》く。彼女はそれに軽く頬を膨らませ、ふざけ調子に白い腕を彼の頭上に振り上げてみせる。

そこまでを目で追うのが、やっとだった。

香奈子は口元を押さえ、そのまま店のカウンターに突っ伏した。気持ちが悪い。壮絶な吐き気が胸をつき、喘《あえ》ぐように呟《つぶや》く。

「帰りたい」

その日の夢は、酷《ひど》いものだった。

夢の中で、彼はどこかに出かける様子だった。鏡の前に立ち、ネクタイの形を整えている。同じ部屋で、自分たちの子どもがピアノを弾いている。その様子を眺めながら、香奈子は彼に語りかけた。

『あの子のピアノの発表会、来週の水曜なんだけど、あなたも来られる？』

彼はすぐには答えなかった。ややあって、冷たい声が無愛想に返ってくる。

『この子は、ピアノやめたほうがよくないか』

たどたどしいながらも一生懸命に奏でられる、ブラームスのメヌエットが部屋に響いている。言葉の意味がすぐには理解できず、香奈子は思わず彼の方に顔を向けた。

『あなた』

『向いていない気がする』

微笑を浮かべようとするが、頬が硬直してうまくいかない。彼の子なのだから、音楽に向いていないなんてそんなことはないはずだ。まだ習い始めて間もないし、もう少し続ければ、きっと。それか、そうだ。ピアノじゃなくて、違う習い事なら、きっと。

言い訳のようにそれを訴えようとするけれど、彼は香奈子の目を見ようともしない。黙って、部屋の外に出ていった。

泣きながら、香奈子は目を覚ました。

引き裂かれたような目覚め方だった。両手が震えている。頭が痛かった。耳が悲鳴のような高い泣き声を聞き、それが自分の声であることを、少し遅れて理解する。

どうして、自分が今泣いているのか。

声が震え出す。

『小宮麻里』

どうして、どうして、どうして……。あれは何なの⁉ 部屋の隅に、自分が未来を見たあの姿見が見える。青ざめた自分の顔がそこに映っていた。

この顔、青ざめたひどい顔。

小宮麻里の目鼻立ちのよく整った顔が胸に蘇《よみがえ》り、香奈子はまた強烈な吐き気に襲われる。香奈子では、駄目なのだろうか。冬也は香奈子に話しかけてくることはないのだろうか。

ああ。

口元を押さえ、何でこんなことに、と思う。夢だってそうだ。才能がないなんて、自分の子どもが音楽に向いていないなんてあんまりだ。彼の子どもなのに。私の子どもなのに。父親の才能が受け継がれなかったとするなら、それは母親のせいだとでもいうのだろうか。

母親に——私に才能がないから？

ベッドのふちから顔を覗《のぞ》かせ、香奈子はそのまま床に嘔吐《おうと》した。

その翌日、鏡の中に、再びあの少女が現れた。

外から帰ってきて、部屋の姿見を覗くと、中に彼女がいた。とても悲しげな、今にも泣き出しそうな顔をしていた。

一瞬映っただけで、少女はすぐに消える。香奈子は小さく叫び、また泣いた。

信じられない噂を聞いたのは、それからまもなくのことだった。マンションの入り口付近、他の部屋に住む主婦たちとすれ違った時に、聞いてしまった。

「最近、この辺りで夜遅くに女の子を見かけない？」

背に冷水を浴びせかけられたかのようだった。足が止まる。ゆっくりと唾《つば》を飲み込み、香奈子はそっと彼女たちを振り返る。

「ああ！　やっぱり。あなたも見たの？」

「ええ。どこかのお子さんなのかしら。物騒な世の中だし、心配よねぇ」

顔が青ざめていくのが自覚できた。香奈子は慌てて、逃げるようにその場を後にした。

何かがおかしくなり始めている。幸せな未来の崩壊が進んでいることを嫌というほど肌で感じる。

夢は、さらに酷い状態になっていった。以前とは違い、彼は冷たい。夢の中でも現実でも、香奈子はずっと泣いている。

どれだけピアノを練習させても、なかなか上達しない。同じ年頃の少年たちより明らかに秀でた冬也のサックスのメロディー。あれには到底及ばない。ママ、ピアノはもう嫌だ。そう言う少女を、香奈子は叱った。やらなきゃダメなの。

かわいいからこそ、彼女に才能がないこと、それが自分のせいであることを思うと叫び出しそうになる。だから自分に対する彼の気持ちだって離れていくのだ。夢でも、現実でも。

嫌がる少女の腕を引き、ピアノの前に座らせる。

毎夜、夢の中で少女と一緒に泣きながらピアノの練習をし（違うの、何でできないの、そうじゃないでしょ）、現実では鏡に映る少女の影に怯《おび》えながら、それでも香奈子は冬也の店に通うことをやめられなかった。彼の姿を見るのもつらいのに。冬也くん、私ならあなたを理解できる。あなたを幸せにしてあげたい。

けれど、泣いても仕方がない。この未来は確実にやってくるのだろう。

冬也くん、冬也くん、冬也くん、冬也……。

（五）

九月十六日　冬也

少女の身元は、まだわかっていないらしい。

執拗《しつよう》に冬也に事情聴取する刑事の一人が、明け方近くになって教えてくれた。少女の座っていた場所、彼女が床にぺたりとつけた腰の下、床とスカートの間から、丁寧にのり付けされた封筒が見つかったことを伝えられる。中には桜の挿し絵が入った便せんが一枚。

ビニール袋に入れられたそれを、見せられる。

『あなたのせいです。やり直しましょう。』

そこにはその一文だけが書かれていた。女の書き文字のように見えた。

冬也は不思議と自分のことよりも少女のことが気にかかった。あの子は一体、誰なのだろう。首の下には、絞められたような痕跡《こんせき》があった。

かわいそうに、と思った。

警察が到着するまでの十数分間、冬也はずっと彼女の顔を見ていた。部屋のドアの前に彼女がいる以上、家の中に入れなかったので、そうするしかなかった。薄気味悪さや驚愕《きょうがく》の気持ちもあることはあったが、そうしているうちに次第に冷静になってきた。年はまだ小学校に上がったばかりぐらいだろう。フリルのついた白いブラウスやリボンのついた髪飾り。そうしたおしゃれの端々が、痛々しかった。

冬也の父が、警察署にタクシーで駆けつけた。ひょっとしたら仕事場から直接来たのかもしれない。相当、急いでいたのだろう。普段なら、高幡優一郎《ゆういちろう》はまずイメージを気にする。一分の隙も見せないようにと容姿を気にかける人なのに、服のシャツにもズボンにも皺《しわ》が寄り、顔にも無精髭《ぶしょうひげ》が目立つ。まだ雨がやんでいないのだろう。前髪から水滴を滴らせていた。

自分とよく似た、その顔立ち。冬也は、それが嬉《うれ》しくも悲しくもある。時折、皮肉だとも残酷だとも思う。

「冬也」

困惑した様子で息子に呼びかけてから、すっと顔を上げて刑事たちに質問する。自分の子どもは、一体何に巻き込まれたのか、と。そこからの話もまた、長かった。

今日のところはとりあえずこれで。

そう言われ、狭い部屋からようやく解放されてすぐ、冬也は「すいませんでした」と父親に頭を下げた。父に対して使う敬語は、今ではもう完全な習性だ。意識的にそうしようと、ある時期を境に決意した。

「迷惑をかけて、すいません」

「何を言ってるんだ。そんな遠慮は無用だよ」

唇を引き結んだ固い表情だったが、口調は柔らかかった。

「しかし、本当にわけがわからない。おそらく、どこかの変質者の仕業だろう。先月も確か、女の子が誘拐されて山中で遺体が見つかった事件があっただろう？　気味の悪い事件が増えていてぞっとするね」

「はい」

冬也は息を吸い込み、

「おうちは大丈夫ですか」

「ああ」

父が困ったように苦笑する。

「妻とは随分前から別居しているよ」

一瞬、どう返していいのか言葉に詰まる。

父にはたまにこういうところがある。言わなくていいことまで、深い考えなしに口にしてしまう。それを聞いた相手がどんな思いをするのかに思い至るのは二の次だ。

「そうなんですか」とだけ、冬也は応《こた》えた。

父が顔を上げる。「疲れたろう？」と、人のことは言えない顔で尋ねた。

「この時間ではろくな店が開いていないだろうが、食事でもして帰ろうか」

（六）

九月上旬　香奈子

この未来を破棄したい、やり直したいと、香奈子は徐々に考えるようになった。

昨日見た夢の中で、彼は香奈子にひどく屈辱的なことを言った。決定的な一言だった。彼は香奈子に「子どもを虐待しているのではないか」と、疑いの目を向けてきたのだ。

ギャクタイ。

新聞やテレビのニュースで見かける言葉。子どもを愛せない親の起こす、不幸せな家庭の事件。冗談じゃない、と香奈子は金切り声を上げた。嘘だ。私は娘をかわいく思っている。あの子だって私を愛している。ママ、ママ。そう縋《すが》りついてくる。それに応えるよう、あの子のためを思ったことしかしていないのに。

彼にそんな風に思われたこと、誤解されたことが耐えがたかった。虐待なんて、失敗した家庭の代名詞じゃないか。私の未来は失敗だとでも言うのだろうか。

彼さえ帰ってきてくれるなら、あの幸せな未来はそのままなのに。悪いのは私を愛さない彼の方だ。

二人は激しい喧嘩《けんか》をした。今までにない、嵐のような喧嘩だった。

それに、今日は店でまた、彼と麻里が一緒のところを見てしまった。もういやだ、もういやだ、もういやだ……。

もう少し、何か方法はあっただろう。私が彼をもっと深く愛せば。彼が娘をもっと深く愛せば。あの子に才能があれば。どうしてだろう。音楽の才能がないなんて。そんなの何かの間違いだ。私のせいじゃない。私のせいじゃない。やり直したい。もう一度、別のもっと幸せな未来を鏡に映したかった。

サキの言葉を思い出したのは、そんな時だった。

『鏡の中と現実のキョウカイがね、だんだん曖昧《あいまい》に』

『「自分の未来」が、こっちの自分に血まみれの手を伸ばして』

『映った未来を取り消す方法』

そうだ。

香奈子は涙に濡《ぬ》れた顔をゆっくりと持ち上げる。

解決策はある。


「私が聞いたのはね、あんまり気持ちのいい方法じゃないんだ」

サキは、歯切れの悪い口調で語り出した。いつもの彼の店で話すことには抵抗があって、香奈子は彼女を家の近くにある別のバーに呼び出していた。

久しぶりに会ったサキは、香奈子の顔を見て、ひどく驚いた様子だった。きっと憔《しょう》悴《すい》しているからだろう。だけどそんなこと、構わなかった。香奈子の頭にあるのは一つだけだ。

あの未来を壊したい。彼との未来をやり直したい。冬也と二人、幸せに生きていきたい。

「その方法を教えて。お願い」

サキが、少しだけ訝《いぶか》しむような顔つきになった。躊躇《ためら》いがちに、ゆっくりとした口調で言う。

「『自分の未来』を、自分の手で始末するんだって」

「始末？」

そう始末、とサキは頷《うなず》く。

「私の友達の話だと――。その子は、この間も話したけど、噂の出所を可能な限り調べてたんだけど……、その途中のどこかでこの方法を聞いたんだって。

その子、本当にノイローゼ状態だった。鏡を見るのが怖いって、本当に追い詰められてて。だから、その子がとった行動っていうのはカナリ極端で、荒っぽかったんだけど。――でもそれ、あの子が自分で言ってるだけだし、アイツやばかったし、どこまで本当かはわかんないけど」

「だから、どうするの⁉　教えて」

「ねぇ。カナちゃん、最近おかしくない？」

サキが突然、香奈子を正面から見つめた。彼女の顔に浮かぶ訝しむような気配が、さっきよりもより濃くなっているように見える。その態度に香奈子は苛立《いらだ》つ。一体何だというのだろう。口調が激しくなるのを、自制することができなかった。

「おかしいって、何が」

「なんていうか、カナちゃんの雰囲気、どんどん怖くなってる。どうかしてるよ」

「どうかしてるってどういうことよ!!」

思わず立ち上がる。衝撃で、テーブルがガタン、と傾いた。サキが飲んでいたアイスティーが大きく揺れてこぼれる。

サキは、一瞬の間の後で顔を上げた。その顔から、普段のあのおどけたような明るさが完全に消えていた。

「おかしいよ。本当はずっと前から、マイコともそう話してた。だって、変でしょう？　高幡冬也なんかに本気になって、アイツのこと好きなんて言い出すし。それからあんな占いのことも、そんなに本気になっていつまでも。一体どうしちゃったの？」

香奈子の頭の芯《しん》が、あまりの怒りに鈍く震え出す。信じられなかった。サキを睨《にら》みつける。

「冬也くんのことは、関係ないでしょう？」

「心配なんだよ。ねぇ、もう冬也のことは忘れたら？　小宮麻里と冬也、中学の頃からもうずっと付き合ってたみたいだよ。そんなとこに入り込める余地だってないし。諦《あきら》めるのが一番いいと思う」

「関係ないっ！　何なの？　何でさっきからそんなに突っかかってくるのよ。カナ、方法を聞いてるんでしょ!?　鏡の未来を取り消す方法。――それとも何？」

香奈子の口元がひくついたように動く。嘲《あざけ》るような笑みが浮かび、頬が強張《こわば》っていく。

「サキちゃんも、冬也くんが好きなの？」

サキが目を見開いた。表情が止まる。気まずい時間が流れた。やがて、彼女がゆっくりと顔をしかめた。目を逸《そ》らし、吐き捨てるように言う。

「私の友達は、鏡から出てきた自分を殺したの」

ひどくそっけのない言い方だった。

「鏡から出てきた自分の首をロープで何度もぐいぐい絞めて、殺したんだって。今はもう、鏡を見ても平気みたい。――元気なもんよ」

## (七)

## 九月十五日　香奈子

鏡の中で、ガラスの向こうで、映る娘の姿が段々と近付いてきたのは、それからすぐのことだった。

今まで見えていた、ただぼんやりとそこに立っているという子どもの姿が、少しずつ距離を縮めている。もうすぐ、鏡の向こうから、自分の元へやってくる。現れる頻度も増えていた。鏡を覗《のぞ》く、その五回に一度が、三回に一度になり、二回に一度になり、今ではもう。

それに、マンション付近で目撃されているという少女の噂。

香奈子は、ただその時がくるのを待つだけだった。

少女の姿が見える度に、バッグの中にさっと手を入れる。ホームセンターで買ったロープのざらついた感触。

鏡に覗いてはすぐに姿を消す、少女の悪夢。今日、彼女は鏡の向こう、こちらに手のひらを押しつけていた。白く小さな手が二つ、ぺたりと自分の方を向いていた。頭が痛い。とても苦しい。

きっともうすぐ、彼女がやってくる。


バッグと傘を手に、香奈子はエレベーターを降りた。

ここ最近、起きる気力が湧いてこない。しかも今日は雨が降っているようだ。マンションの外に見える視界が暗い。香奈子の気持ちは憂鬱《ゆううつ》になる。

冬也に会いたかった。

右手の腕時計を見ると、時刻は午後十時を指している。今日は雨のせいで気分が乗らず、店に行けなかった。だけど、そろそろ、彼がバイトを終えて家路につく頃だ。彼に会いたくて、寂しくて寂しくてたまらなくなった。

彼の家に今から行こう。別に姿が見られなくても、会えなくてもいい。部屋に明かりが点《つ》いているのを確認する、それだけでいい。

けれど、マンションの正面玄関を見つめた香奈子は、そこでぎょっとして足を止めた。ガラス張りの入り口に、自分の姿が映っている。そして。

香奈子は、短く息を呑《の》んだ。ガラスに映った自分の足元に、赤く小さな傘が揺れている。いつものように、きっと一瞬のこと。すぐに消えるのだろうと思いつつも、バッグの中に手が伸びる。ざらついたロープの感触。

赤い傘は、まだ視界に留《とど》まっていた。ゆっくりとそれが回り、傾いていく。傘の下から、もう幾度となく見てきた、あの少女の顔が覗いた。

香奈子は悲鳴を上げそうになるのを、懸命にこらえた。消えない、消えない。今日は、いつもと違う。

少女の顔が、香奈子の方を見て笑った。愛らしいその唇が動いた。

『ママ』

外は雨と風。香奈子は立ち尽くしたまま、震える手でロープの端を摑《つか》む。

少女の手が傘を振り上げ、近付いてくる。自分の方へ。ガラスの向こう側から。唇がまた動いた。

『ママ』

自分を見つめるその顔は、残酷なほど、冬也とよく似ている。彼女の手が自分を摑もうと伸びてくる。香奈子は顔を歪《ゆが》め、叫び声を上げた。

少女の、その細い首めがけて。

縺《もつ》れる指にロープを絡め、彼女の喉《のど》を囲う。こんな時なのに、夢の中で彼女にマフラーを結んだ時のこと、ピアノの発表会前に首元にリボンをつけたことを思い出す。

香奈子は力いっぱい、彼女の首を絞める手を左右に引いた。

赤い傘が少女の手を離れ、地面に転がり落ちた。風に舞う。

少女の顔は後方へと反り返った。悲鳴や苦しみの声がしたかどうかはわからなかった。香奈子の耳には、もう何も聞こえなかった。頭の中には、ただひたすら、夢で聴いた彼女のあの、つたないブラームスのメヌエットが回っていた。夢中で、少女の（愛らしい、冬也によく似た……）顔の下、首を絞め上げる。手のひらが痺《しび》れて、感覚がそこから完全に失《う》せてしまうまで、幾度も、幾度も。

彼女の長い髪が、乱れて手にかかる。柔らかな感触だった。

小さな手が、力なく投げ出されたのが視界のふちに見える。小さな指が短く、だけど強く痙攣《けいれん》し、静かになる。これだけ絞めたらもういいだろうか、死んだだろうか。

かわいくてたまらなかったはずの少女の喉をがむしゃらに潰《つぶ》しながら、香奈子の喉からこれまで上げたことのないような、悲鳴のような声で泣き声が洩《も》れた。振り乱した髪が、流れ出した涙のせいで頬に、唇に張りつく。

どうしようもなかった。その咆哮《ほうこう》のような叫びを上げながら、ロープごと少女の身体を投げ捨て、香奈子はただもう、泣きに泣いた。

今まで、こんなに泣いたことはないと思うほど泣いた。

傷つけたくなかった。大事だった。彼との生活が大事だった。

今、潰してしまったばかりだけど、やり直すためには仕方なかったのだけど、この子のことはかわいくて仕方なかった。大事だった。

助けて。

助けて、冬也君。幸せになりたい……。

香奈子は放り出したばかりの少女の身体を抱きしめる。その手に、ずしりとした重量感があった。まだ、温かく、柔らかだった。

顔を上げると、少女が出てきたガラスに涙にまみれた自分の姿が映っていた。頭が痛い。もう動かない少女の身体を抱えて、よろよろと立ち上がる。子どもに特有の、ミルクのような匂いがしている。よく知っている匂い。幸せな家庭に満ちていた、温かい匂い。

立ってすぐ、バランスを崩して香奈子がよろけると、目の前のガラスが、ヒュン、という作動音とともに横滑りに開閉する。

これで、未来は消えたのだろうか。やり直せるのだろうか。

香奈子はゆっくりと彼女を背負い、エレベーターの方向に歩き出す。

背後には、自動ドア。

ごめんね。ごめんね。

家に連れ帰り、自分の部屋に横たえた少女の顔は、眠っているようにしか見えなかった。その静かな姿に向けて、香奈子は泣きながら謝り続けた。

かわいそうな自分たちの子ども。愛らしかった彼女がこんな風に変わり果てた姿になってしまった責任を、冬也にとってもらうべきだ。そうして、今度こそ、彼とやり直す。

少女の身体の横で、彼に短い手紙を書いた。

（八）

再び、九月十六日　冬也

警察署を後にしてから、父と二人で久しぶりに食事をする。

この時間に開いている店はファミレスぐらいだ。高幡優一郎にはおよそ似つかわしくない場所だが、仕方ない。せっかくの父の気遣いを無駄にしたくなかった。食欲はなかったが、席につきコーヒーだけを頼む。父も同様だった。

正面に座った父が振る話題は、冬也の学校の様子や進路についてがほとんどだった。昨夜、息子が巻き込まれた事件の話題を、不自然なほどに避けているのがわかった。それが自分への気遣いからなのか、それともただ単に起こってしまった面倒を不快に思っているからなのか。どちらなのかはわからなかった。

父の携帯電話が鳴ったのは、それぞれがコーヒーを飲み終えた頃だった。「すまないね」と断って、携帯電話を耳に当てる。

「もしもし」

電話を手にしたまま、父が背筋を伸ばす。驚いたように押し黙った後で、声を低くして静かに頷《うなず》いた。

「——わかりました。お手数をおかけして申し訳ない。とにかく、すぐに家に戻ります」

「どうしました？」

電話を切った父に尋ねる。彼は「いや」と目線を下げ、弱ったように困惑気味な笑顔を浮かべる。電話をポケットに戻しながら、軽い声を出した。

「優香《ゆうか》が家を抜け出したらしい」

それが自分の妹の名前である、ということは知っていた。実際に会ったことはないが、聞いたことがある。年は確かまだ、小学校低学年。

父の軽い声は、どうやら事態の深刻さを意図的に和らげようとして出されたものらしかった。たいしたことは何も起きていない、というように。

「住み込みの家政婦さんに預けてあるんだが、彼女が気付いた。部屋にいない。――まぁ、すぐに見つかるとは思うんだが」

空っぽのコーヒーカップを、そうと忘れて手にとってしまう。父は明らかに動揺していた。一晩中続いた雨のせいで朝になってもまだ暗い窓の外を、落ち着きなく見上げる。

ざわり、と胸が騒いだ。嫌な予感がした。数時間前に見たばかりの光景が目の奥でまざまざと蘇《よみがえ》る。

ドアを背にして眠る、人形のような青白い顔の少女。

発見された遺体の身元が判明したのは、そのすぐ後のことだった。

## 九月十六日（九）　香奈子

冬也の家から帰って、もうどの位の時間が過ぎただろう。

薄暗い自分の部屋に座り込み、香奈子はぼんやり考える。頭が痛い。気分が悪い。背中には、まだあの少女の体温が張りついている。重さを、身体が覚えている。

思い出すと、気が狂いそうだった。

ベッドの上には、少女の首を絞めるのに使ったロープが置いてある。そこに絡みついた何本かの細く長い髪。これらは、あの子のものだ。悲しくて悲しくて、たまらなかった。

部屋の隅に、最初に未来を覗《のぞ》くのに使ったあの姿見が見える。

その中に、顔色の悪い自分の顔が映っていた。香奈子はゆっくりと、自分の頬を両手で押さえた。指でなぞった張りのない頬に、刻まれた皺《しわ》の感触。鏡の前、落ち窪《くぼ》んだ目がこっちを見ている。醜い。私は、こんな顔をしていただろうか。

小宮麻里のあの、張りのある肌、美しい笑顔。

香奈子は、信じられない気持ちで鏡の中の自分の姿を見つめた。私は、一体誰なのだろう？　ああ、昨日も夜、無断で外出をしてしまった、母に怒られてしまわないだろうか。普段の門限にすら、あんなに厳しい人なのに。

そもそも自分の家に母なんていただろうか。

（いまだに門限があって、しかもそれ守ってるなんて、やっぱカナちゃんて面白いっていうか、ちょっと変だよね）

この家に、私以外の人間なんて住んでいただろうか。鏡の前、占いに使ったろうそくが一箇所にまとめて捨て置かれている。

年の数だけの赤いろうそく。

あれは、何本用意したんだっけ。

頭が痛い、もう眠ってしまいたい。けれど、夢を見ることが怖い。彼に冷たくされる、自分の姿を見るのが怖い。

ただ、幸せになりたかった。温かい家庭を築きたかった。それだけなのに、何故。

ピンポン、と玄関の方からチャイム音が響いた。人の声が聞こえる。再度、チャイムの音。しばらくすると、ドアを叩《たた》く音がそれに代わった。

「すいません、警察の者ですが。いらっしゃいませんか。少し、お伺いしたいことがあるのですが」

香奈子の反応は鈍かった。外のあの人は一体何を言っているのだろう。

ロープに巻きついたあの子の髪。何故、それは消えてしまわないのだろう。この位じゃ『始末』したことにならないのだろうか。どうして、この『未来』はなくならないのだろう。

瞼《まぶた》の裏で、いつものあの悪夢の続きが流れた。

香奈子は、彼と不倫の関係にあった女性に、自分の娘よりも年上の息子がいることを知った。天才的なサックス演奏を披露するのだというその子どもの存在を、香奈子は複雑な気持ちで見つめている。どうしてだろう。自分の娘は――かわいい優香はピアノに向いていないのに。悪いのは私なのか。そんなはずないのに。

彼と別居することが確定してから、娘は父親と暮らすことになった。虐待が疑われたのだ。娘の身体についた痣《あざ》や傷。覚えがないのか？　と尋ねられる。あの子のためなのに、何を言われているのかわからない。あの子だって、殴られても私に縋《すが》ってくる。ママ、ママ。

かわいいあの子とは、彼女が彼の目をかいくぐって会いに来ない限り、会うこともままならないような状態になってしまった。香奈子は泣きながら、地獄があるならここだと思った。

外から、自分のことを呼ぶ声は、益々《ますます》大きく、激しくなる。乱暴にドアに何かが叩きつけられる音。香奈子の耳に、それらはすべて、どこまでも遠く響いていた。

「高幡さん。高幡さん、いらっしゃらないんですか！　開けて下さい、入りますよ」

玄関の方が慌ただしく騒ぐ。ドアが開けられる音がする。

高幡香奈子は、無気力に首を傾けたまま、淀《よど》んだ空気の部屋から一歩も動けなかった。鏡の中、年老いた、生気のない目が見つめている。

「ゆういちろう、さん……」

彼は、自分のところには来てくれない。

# 八月の天変地異

待ち合わせの診療所の前に立つと、夏の日差しのせいで目の前の駐車場のアスファルトが真っ白に見えた。空からは、浴びせかけるように激しい蝉の声がしている。ミーン、ミンミンミン。ジジジジ。ツクツクボーシ。

様々な声がひっきりなしの輪唱のように響く。昔はよく網を振り回して、狭い虫カゴいっぱいにヤツらを捕まえたものだ。だけど、俺はもう二度と、蝉捕りをすることはないんだと思う。あいつらを殺すことはおろか、翅《はね》をうっかり傷つけてしまったらって考えると、触れることさえ怖くてできない。

それは俺が特別なわけじゃなくて、誰だって、あんな夏を過ごしてしまったらそうなるはずだ。

あの一週間。

この先ずっと、蝉の声を聞く度に、俺は思い出すんだと思う。

空を仰いだ顔を正面に戻すと、丁度、眼鏡をかけた神経質そうな顔が坂道を登ってくるのが見えた。名前を呼び、手を振り動かす。相手もまた目を細め「よう」とこっちに手を振り返してきた。

——あの日から、五年。あの年にもぐった蟬の幼虫たちも、そろそろ羽化を始める頃だ。

（一）

小学校五年生のその夏の俺は、自分がこんな目に遭ってるのは、すべてキョウスケのせいだ、と恨んでいた。

キョウスケが俺の近所に住んでなければ。あいつが喘息《ぜんそく》なんか持ってなくて、休み時間や放課後も、みんなと一緒に校庭で遊ぶタイプだったら。

あいつのお母さんに昔、「うちの子をよろしく」なんて言われなければ、俺のクラスでの立場は絶対に変わってたはずだ。今みたいに「さえないグループ」扱いされるはずもなく、「友達がいない」方に分類されるはずもなく。

俺たちの小学校は、各学年とも生徒は二十人くらいしかいない。うちの町は働く場所が少ない田舎なので、人口が年々減ってるんだと、大人たちが話していた。みんな、成人すると、麓《ふもと》の大きな町に行ってしまう。

六年間同じメンバーと一つのクラスで過ごすのが前提だから、誰と誰が仲がいいとか、あいつの性格はこんなだ、とか、一度イメージが固定されてしまうとなかなか変更がきかない。俺とキョウスケは、みんなの中ではセットだった。

キョウスケと初めて会ったのは、小学校に入学する前だった。

近所の神社で遊んでたら、俺がよく遊ぶのとは別のグループの子たちの間から「みそっかす」って言葉が聞こえた。鬼ごっこしてもかくれんぼしても、うまくできないヤツはそう呼ばれ、初めからゲームのメンバーにカウントされない。声の方向を見ると、分厚い眼鏡をかけた痩《や》せたチビがいた。

ある時、神社に行くと、普段の俺の遊び仲間は誰もいなくて、代わりに例のグループが囃《はや》し立てるような声を上げて、遊具から遠ざかっていくところだった。何だろうと顔を上げると、すべり台の下にキョウスケが座り込んでいた。頭が真っ白い。近付いていくと、砂をかぶってることがわかった。

「立てる？」

キョウスケはそれまで口も利いたことがない相手からいきなり声をかけられたというのに、特に動揺した様子もなかった。「だいじょぶ」と答えたけど、膝《ひざ》がすりむけてじくじくと血が滲《にじ》んでいた。

「洗わなきゃ」

俺も同じような怪我をしたことがあって、その時はお風呂《ふろ》に入るたびに膿《うみ》が出た。きちんと洗わなかったからそうなった、と母さんから注意されたことを思い出した。

境内の隅にある湧き水を手ですくって膝にかける。キョウスケは、そこで初めて顔を歪《ゆが》めたが、声は上げなかった。見かけによらず我慢強いな、と思ったことを覚えている。だけど、やっぱり痛いのか、自分から傷を洗おうとはしないし、俺も他人の傷に触るのは怖くて、小さな石や砂は、結局完全には取れなかった。

なりゆきで送って行ったキョウスケの家は神社のすぐ近くで、それはつまり俺の家とも近所だってことだった。キョウスケは玄関のドアを無視して、横の縁側の窓を開ける。そこを覗《のぞ》きこんで、「ただいま」と言った。

出てきたキョウスケのお母さんらしい人は、ほっそりしてきれいだった。横に立つ俺を見て、それが見たことのない友達であることに驚いていた。

「名前は？　おうちはどこなの？」

「小島《こじま》シンジ」

それだけ言ったらうちの場所もわかったみたいだった。おばさんが微笑み、「これ、

「あげる」と、みかんを一つくれた。

「バイバイ、シンジくん」

キョウスケが手を振る。うちに戻ると、みかんをこたつの上に載せた。「これ、どうしたの？」と尋ねる母さんに「あげる」と答える。

それから同じようなことが何回かあった。おばさんからそのたびにみかんをもらい、俺は、何だかそれが目当てでキョウスケを送ってるような気がして、ちょっと嫌だった。おばさんから「毎回、うちまで送ってくれなくても大丈夫よ」なんて言われてしまうと尚更だ。卑しい子どもだと思われてるかもしれない。

みかんなんて別に好きじゃないのに。うちにももらいもののが段ボール一箱分あって、正直食べあきてる。

「うちのキョウスケをお願いね。あんまり運動が得意じゃなくて、静かにしてるのが好きな子だけど」

小学校に入り、俺が別の子たちと仲良くしていた頃、キョウスケは教室の隅で一人で本を読んだり、絵を描いたりしていた。その上、おとなしくてほとんど喋《しゃべ》らない。「ん」とか「ううん」とか簡単な意思表示をするだけで、たまに授業で先生に指されたりすると、ほとんど顔面蒼白《そうはく》になって、立ち上がるのがやっとって感じ。どの班が一番発言できるかを競うリレーなんかしてた時期は、はっきり言ってお荷物だった。

二年になる頃には、「暗くて、ちょっと変わったヤツ」というレッテルが貼りつけられ、喘息のせいで体育も満足にできないから、チーム分けでも班替えでもいつも余った。

おばさんはそれを知ってたのかもしれない。小学校からの帰り道、一人でキョウスケの家の前を通った時、俺を待ち構えていたように、いつもの縁側の窓が開いた。

「あの子、シンちゃんのことが大好きみたい。うちでも、本当によくシンちゃんの話をするのよ」

夏、おばさんから特大の夏みかんをもらった。手のひらに甘酸っぱい匂いがした。

（二）

そして、小学校五年生になって、クラスの中での俺の立場はあんまりいいものじゃなくなっている。

少なくとも三年生あたりまでは、クラスでは中心の「イケてる」部類だったと思う。

サッカーうまかったし、足だって速いし。俺のことが好きだって噂されてる女子もいたし、逆に俺があの子のことが好きだって誰かを名指しすれば、その子は気遣わしげに俺の方をチラチラ見たりもしてたものだ。そういう恋愛に参加できるのは、クラスでも上位の人気者グループだけに許された特権だったし、だからつまり、俺はそういう地位にいたわけだ。

だけど、今はちょっと違う。

はっきりとそのことに気付いたのは、去年、秋の遠足の班を決めた時だった。忘れもしない、俺が初めて「ゆうちゃん」の名前を出した時だ。

その日、俺とキョウスケは同じ班になることが、もう流れで決まっていた。各班、男子と女子は、だいたい三人ずつ。

俺とキョウスケの班に、もう一人、男子がやってきた。そいつは班替えが終わると心底嫌そうに「うへー」と声を上げた。

「シンジとキョウスケのとこなんて、最低じゃん。俺、友達がいないヤツらの仲間なの？」

俺はびっくりしてそいつの顔を見た。それから、他のクラスメートたちの顔を見回した。自分と同じように、きっと疑問の表情を浮かべてるはずだと思った。だけど、違った。みんなの表情を確認するより早く、クラス委員の女子がきつい声を上げる。

「ばかなこと言わないの！　かわいそうでしょ」

「は？」と声が出そうになったが、びっくりしたことに担任の先生までもがその声に同調して立ち上がる。

「そうよ。仲良くしなさい」

その男子は不服そうに唇を尖《とが》らせたまま、「だって」とか「班替え、やり直してよ」とかまだぶつぶつ言っていたが、そのうちおとなしくなった。静かになった教室の隅で、俺は考え込んでしまった。

友達がいない。

正直、ショックだった。だけど、そう思ったら、「あ、そっか」といろんなことが腑《ふ》に落ちてしまった。悔しいけど、さっきのクラス委員の女子のお誕生会に、そういえば俺とキョウスケが呼ばれなかったこととか、クラス内の遊びの流行にちょっと遅れてる気がするとか。ここ最近は、放課後のサッカーにも誘われてない。

俺、そういう風に見えてるのか。

どうしてこんなことになっちゃったんだろう。考えて、すぐに思い当たった。理由はもちろんキョウスケに決まってる。

放課後のサッカーを全部断って、俺、こいつに付き合ってた。どっちかの家でゲームしたり、テレビ見たり。そんなの、暗いヤツって思われても当然だ。俺、キョウスケの親友だと思われてる。

かあっと肩が熱くなった。何だよ、それ。バカにすんなよ。

隣の席のキョウスケは、そんなこと気にも留めないようにぼけーっと前を見ていた。その唇が半分開きっぱなしの顔を見てたら、泣きそうになってきた。こんなかっこ悪いヤツの仲間だと思われてるなんて。

遠足の班員同士で机をくっつけ合い、班長や班目標を決めることになった。俺は心がざらざらしてる。はっきりさせたくてたまらなかった。俺に友達がいないなんて誤解だ。

色画用紙が配られ、班の名前や目標を書くように先生から指示された。画用紙は線が引かれていないから、字を書くとまず間違いなく曲がる。作業の途中、ふと思いついて、俺は言った。さっきの男子に聞かせるように。

「あーあ。こんな時、『ゆうちゃん』がいればなぁ」

「ゆうちゃん？」

向かいに座ってたそいつが顔を上げた。

「そう、ゆうちゃん」

俺は答える。

「麓《ふもと》の町の小学校に通ってる、俺の親友なんだ」

麓の町は、ここより大きくて、スーパーやコンビニも、本屋だってゲームセンターだってある。俺たちにとっては、見えるけど微妙に届かない、身近な外国みたいな存在だった。

斜め前の席で作業してたキョウスケが、びっくりしたように顔を上げた。だけど、構うもんか。色画用紙の上の、自分の曲がった文字を見つめて言う。

「頭も運動神経も超よくてさ。字もうまいから、こういうの書かせても、絶対まっすぐで曲がらないんだ。向こうの学校で一番モテるんだって。バレンタインの時、俺、チョコレート分けてもらった。なんか、外国のおいしいやつ」

「ふうん」

俺は続けた。

「何でもできるのに、全然自慢しないんだ。まだ小学生だけど、夏休みにはサッカーの練習のためにブラジルへ合宿に行ったりしてるんだよ」

「へぇ」

話しながら俺は段々興奮してきた。ゆうちゃん。口に出し、特徴を語ると、彼に顔や声ができていく。

「バレンタインにチョコレートを食べ過ぎるから、虫歯がクラス一多い」「お父さんは東京の大きい商社に勤めてて、単身赴任。家がお金持ちで、欲しいゲーム機をほぼ全部持ってる」「向こうの学校にも友達はいることはいるんだけど、違う学校の俺と一番気が合う」などなど……。

言葉は、羽が生えたように軽やかで止まらなかった。

話の後半、俺は、ああ、なんでここにゆうちゃんはいないんだろう、と思った。麓の町の学校じゃなくて、ゆうちゃんがここに転校してくれれば、俺は今の地位を脱することができる。かっこいい彼には、みんなだって群がってちやほやするだろう。目の前のこいつも、俺をお誕生会に呼ばなかった女子も。だけど、ゆうちゃんが興味を示すのは、親友の俺だけなんだ。みんな、きっと悔しがって羨《うらや》ましがる。

「親友なんだ」俺は繰り返した。

みんな知らないと思うけど、俺には外にそういう場所がある。微《かす》かな優越感を込めて話し終える頃には、班の女子たちも「へぇ」と相槌《あいづち》を打っていた。

キョウスケが呆気《あっけ》にとられたように、俺を見ていた。

そのうち、話を聞いてた女子の一人が聞いた。

「じゃあ、そのゆうちゃんとはキョウスケくんも入れて、三人で遊んでるの？」

普段から無口で、何か聞かれてもそれに満足に答えられないことが多いキョウスケは、この時も「え」と呟《つぶや》いたきり、もじもじと下を向いた。

俺はその隙をつくことにした。

「たまに遊ぶよ。なぁ、キョウスケ。ゆうちゃんと遊ぶの、超楽しいよな」

キョウスケは「え」と呟いて、それから声を発さずに深く俯《うつむ》いた。俺は内心で舌打ちする。空気、読めよ。だけど、余計なことを言わないのはこいつのいいところの一つだ。強引に言い切った。

「今日も一緒に遊ぶんだ」

押し黙ったままのキョウスケがさらにちょっと下を向いたのを、頷《うなず》いた合図だと周りに誤解させて、俺たちは作業に戻った。しばらくして、キョウスケが俺の顔を覗《のぞ》きこんできたことに気付いたが、無視する。

胸がすっと晴れた。

――『ゆうちゃん』という名前は、その時クラスの大半が夢中だった漫画の主人公の名前が「ゆうま」だったから、そこから取った。

サッカーの話は、何年か前、うちの県の中学生がまだ子どもなのにブラジルに留学したってニュースを聞いたのが衝撃だったから。バレンタインのチョコの話は、うちのクラスで一番モテる男子がそうだから、他校でもきっとそうだろうと思った。

自分が何を言ってるのか、してしまったのか、理解してるつもりだった。だけど、罪悪感はまったくない。むしろ、「ああ、そうだったんだ」と思い出すような感覚だった。

俺の親友は別にいて、それはみんなも知らない外の世界の人気者だ。キョウスケが何か言いたげな視線でこっちを見てる。だけど、何も言ってこなかった。

それからことあるごとに、俺はみんなの前でゆうちゃんの名前を出した。

それは、今まで何故こうしなかったんだろうと思うほど楽しかった。ゆうちゃんは茶髪で、日焼けしてて、本物のプロのサッカー選手みたいにかっこいいこと。俺も、ゆうちゃんの学校のクラスメートにまざってサッカーの試合にこっそり出たこと。プレーを褒められ、チームにスカウトされてること。

今、このクラスにいる俺は仮の姿で、話の中にいる俺が本物の自分なんだという気がした。それは嘘とか現実逃避とかいう言葉を超えて、ものすごく真に迫った感覚だった。本当にそうなのだから、それを疑うヤツがいたらそっちの方がおかしいんだ、と心底思えるほどに。

何しろ、不在の証明は、存在の証明と違ってとても難しい。

「そんなにかっこいいなら、今度写真見せてよ」

「いいよ」

クラスメートの言葉に、お安い御用とばかりに答え、家に戻ってアルバムを開く。

学校のみんなの知らない、遠くに住んでる従兄弟《いとこ》や、昔サッカーのミニ合宿で一緒になった他校の子の写真を並べる。だけど、どの子の顔立ちも平凡で、話の中のゆうちゃんだという説得力に欠ける。チックショー、芸能人で子役でもやってる友達でもいればいいのに。

「写真、あったんだけど、今ゆうちゃんに貸してるんだ。ゆうちゃんのお母さんが、俺と撮った写真を見たいって言っててさ」

「ふうん。今度シンジの家にその子が来た時、俺も遊んじゃダメ？」

「いいけど、サッカーが忙しいみたいだし、どうかなぁ」

クラスメートたちはさらに、「どこでそんな子と知り合ったの？」と尋ねてきた。

俺はあらかじめ用意していた答えを話す。

「親同士が親友なんだ。ちっちゃい頃から、だからずっと仲がいいんだよ。みんなには、ずっと言ってなかったけど」

クラスの男子が新品のマウンテンバイクを自慢してきて、俺の自転車が使い込んだボロだったとしても、「ゆうちゃんが持ってるヤツに乗った」と言い張ってしまえば遠慮する必要なんか何もなかった。「ほら、これと同じやつだよ」、とその時発売中だった『小学五年生』の雑誌の懸賞賞品になってるヤツを指差す。

より具体的に。そんな詳しいとこまで話すなんてきっと嘘じゃないなって、思われるくらい、現実っぽく。

たとえば、サッカーの試合で、作戦会議に入れてもらえなくて、だけど久々のサッカーが嬉《うれ》しくて、ボールを意気揚々と運び出したら、「自分勝手な個人プレーだ」って責められた時。チーム全員から非難され、睨《にら》まれた時も、「もしも」と思えば耐えられた。「もしも」ここに、ゆうちゃんがいてくれたら。

ゆうちゃんが、このチームの中にいたら、きっとこう言う。

『やめろよ。それ、お前らがみんな下手くそだから、シンジのことが羨ましいんじゃないの？』

ちょっとバカにするように目を細める。俺を振り向き、微笑んでサムズアップのポーズを決める。

『シンジ！　さっきのドリブルはすごくよかった。さすがだ』

それから、ある時はこう言った。みんなが一目置き、誰もが親友になりたいヒーローであるゆうちゃんが、俺とキョウスケの肩を抱く。

『このクラスのヤツらってみんなつまんねーよな。この中で信頼できるのって、シンジと、あとはキョウスケくらいだ』

頭の中でうっとりと彼の声を聞く。ゆうちゃんの顔は、その時好きなアニメの主人公やスポーツ選手だったり、女子に人気のあるアイドルの誰かだったり、あるいはそれらの要素を少しずつ盛り込んで混ぜたような顔だったりした。

ゆうちゃんのいる、そっちが本当の現実だ。

ふっと意識を緩めて、非難ごうごうの時間がまだ続いていても、そう考えれば平気だった。

ある日、麓《ふもと》の町のピアノ教室に通ってる女子が「向こうの学校に友達ができた」と言い出した。たまたまレッスンが一緒になったんだって。

「シンジくんの友達のことも知ってるかな」

「絶対、知ってるよ。目立つもん、ゆうちゃんは」

聞いてみなよ、と声を出しながら、だけど内心は冷や汗をかいていた。どうしよう、どうしよう、どうしよう。ゆうちゃんは確かに存在してる。「嘘」っていうのは違うと思った。それは、俺のためにってよりは、むしろ、ゆうちゃんに対して失礼だって気持ちの方が、今は強かった。かっこつけで言ってるわけじゃなくて、本当にそうだった。ゆうちゃんがいなかったら、俺には耐えられないことがいっぱいある。

どうしよう、どうしよう、どうしよう。

その日、家に帰って布団の中にもぐってからも、俺は考え続けた。おなかが痛くなってきた。あの女子は、なんで、そんな遠くのピアノ教室に通ってるんだよ！　と、キレそうになる。ゆうちゃんがいないってことがわかったら、あの子はそれをいいふらすだろうか。

「ゆうちゃん」っていう名前の別の男子が、麓の小学校に偶然いたりしないだろうか。――いたとしても、俺の親友の「ゆうちゃん」には、到底及ばない普通の子だろう。だけど、その麓の小学校の子も「あ、いるよ」くらいに軽く答えて、あんまり深く話さないかもしれない。どうか、そうしてくれないだろうか。

何かをこんなに強く願ったことはなかった。布団の中で身体をエビみたいに曲げ、じっとしたまま、念じ続けた。

神様、どうか。

その時からずっと、初詣《はつもうで》の時も七夕の時も俺が唱え続ける願いごとは同じだ。

『天ぺん地いを起こしてください』

書いた短冊を横から覗《のぞ》きこんだキョウスケが「これ、どういう意味？」って聞いてきたことがある。俺は答えた。「奇跡を起こして欲しいってこと」と。

ゆうちゃんが、俺の作り出した幻や想像だなんて、とても信じられない。こんなに具体的なんだから、いつか目の前に急に現れたって、俺はきっともう不思議に思わない。どうか、二つの世界をくっつけて、ゆうちゃんを登場させてください。

ピアノ教室に通ってたその子から、結局それ以後にゆうちゃんの話が出ることはなかった。俺も気にして、数ヵ月間は時折それとなくうっすらと話題に出したが（あんまり露骨に聞くとやぶへびかもしれないから、本当に、すごく注意深くした）その子はもう、俺にそんな話をしたこともよく覚えてないみたいだった。もともと人の親友の話なんてどうでもよかったのかもしれない。すぐに忘れてしまったようだった。

俺は拍子抜けしながらも、ほっと胸を撫《な》で下ろした。

ゆうちゃんのことをキョウスケがどう思っているかは、確認したことがない。キョウスケは俺がクラスメートたちに話すゆうちゃんの話を全部、いつも黙って隣で聞いていた。時折、クラスメートたちが、最初の日みたいに「会ったことある？」「遊んだことある？」って聞くことがあったけど、それにはいつものように「ん」と声を発するか、困ったように曖昧《あいまい》に首を傾げていた。ゆうちゃんを否定するようなことは、一言も話さなかった。

それでも時々、心配になった。

それは、他のヤツらにキョウスケがバラしたらどうしようっていう心配じゃなかった。俺が心配だったのは、キョウスケがある日突然、俺に問いただすことだ。

『ゆうちゃんって、誰？』

ゆうちゃんは確かに、目に見えない友達で、俺は透明なゆうちゃんが色つきじゃないことが悲しい。だけど、この感覚を正確な言葉でキョウスケに答えられるとは思えなかった。

放課後や休み時間、二人でいる時にキョウスケが話すことの大半は、「明日《あした》の体育、跳び箱やだなぁ」とか「先生の今日の話、長かったね」とか、そういうのだ。俺も「そうだな」とか「今日の放課後、何する？」とか、普通の会話を返す。ヤツにだけは、ゆうちゃんの「嘘」をつかなかった。

不思議なことに、キョウスケの前でそういう現実的な話をしている時だけは、俺はゆうちゃんの存在を「嘘」だと思った。

家までの帰り、水を張った田んぼが続く一本道をキョウスケと二人で歩いてると、ごく自然にこっちが現実なんだと思うことができた。

キョウスケがゆうちゃんをどう思ってるのかは知らない。それを作り出した俺を、どんな目で見てるのかも知らない。案外、何にも考えてないのかもしれない。始終ぼんやりしてるキョウスケには、きっとどっちだっていいことなんだ。

「みそっかす」って言葉は、今でもサッカーや野球の時キョウスケに使われてて、アイツはそのたび「ごめん」って謝る。

喘息《ぜんそく》の治療のため、一週間に一度は町外れの丘の上の診療所に出かけていく。その時は、あいつは学校を休んで、サッカーや野球に入らない。クラスメートたちは厄介払いができたことを喜ぶかと思ったのに、今度は逆に「サボりだ」とひそひそ話していた。診療所の日って、あいつの嫌いな体育とかぶってること多くないか？

ある時、キョウスケが嬉《うれ》しそうに「診療所で友達ができた」と報告してきた。

「今度、シンジくんも一緒に会いに行こうよ」

「いいよ、遠慮しとく」

キョウスケのくせに、外の世界に友達がいるなんて気に食わなかった。そんな友達、本当はいないんじゃねぇの？

自分のことを棚に上げてる自覚はあったけど、何故かいらいらした。だってそんなの、キョウスケのくせに生意気だ。

だって、俺が今クラスでこんな目に遭ってるのは、全部、お前のせいなのに。

（三）

夏休みの前に、事件があった。

きっかけはたいしたことじゃなかった。図工の時間、みんなが青く塗った空の色を、俺はオレンジ色に塗った。

今年の夏は、いつになく暑い気がした。だから何となく、空がそんな色に見えた気がした。去年、遠足で行った県立美術館にも、空を青じゃない色で塗ってる絵があって、それを真似してみたかったのも理由の一つだ。

絵は、先生から褒められた。独特で、中学生でもこんな風に描ける子はなかなかいない、と言われ、俺は有頂天になった。もともと勉強の成績なんて中くらいだし、みんなの前で褒められることなんて滅多になかったからだ。

しかし、その時、後ろの席の何人かが顔を見合わせて、こそこそっと話すのが聞こえた。

――シンジは、空の色も嘘の色。

驚いて振り返る。それを話していたらしい数人が、くっつけ合っていた顔をぱっと離した。

――みんな、知ってるよね。

今度は前の方から声がした。見れば、別の女子がやはり同じように顔を見合わせていた。また、教室の他の場所でもひそひそ話がさざ波のように広がっていく。

知ってるよね。うん、知ってる。みんな、わかってるんだよね。シンジくんは――。

『嘘つきなんだよ』

『本当は、いないんでしょ？』

その声は、別々の場所から聞こえたが、俺の耳の中でぎゅっと固く結びつき、次の瞬間、壊れるように弾《はじ》けた。

頭の中が、真っ赤になった。

絵の中のオレンジ色の空より、ずっと真っ赤。トマトが潰《つぶ》れるような。わぁん、と耳鳴りがする。

自分が立ち上がるところ、「バカにすんな！」と叫ぶところ、みんなに飛びかかって暴れるところ。想像する。全部、想像する。だけど、膝《ひざ》が石になってしまったみたいに、動かなかった。肩に力が入り、背中が丸まっていく。

何もできなかった。ただ、座ってることしか。

「静かにしなさい」

先生が、ぱんぱん、と手を打ち鳴らした。おしゃべりがぴたりとやむ。その後で何かを話す先生の声はまるで耳に入らず、上下する自分の胸と、それに合わせて洩《も》れる呼吸だけが、近くてリアルなものに感じられた。

いるんだ。

唇を嚙《か》む。握り締めた拳《こぶし》が、真っ白く色を失っていく。

ゆうちゃんは、確かにいる。

鼻の奥がつんと痛くなって、どうしてか理由のわからない涙が出そうになる。慌てて顔を逸《そ》らした。

視界の端に、隣の席で気遣わしげにこっちを見てるキョウスケの顔が見えたけど、絶対に目を合わせたくなかった。

そのまま、夏休みになった。

最初の一週間、俺はまだショックを引きずってて、具合が悪いと母さんに訴えた。一日中、ごろごろと布団の上に横になり、天井や、窓から見える空をただただ見ていた。

早朝のラジオ体操を、ずっとサボっていた。学校の連中に会いたくなかった。オレンジ色の空の絵は、ぐしゃぐしゃに丸めて、部屋の隅に転がしてある。

「ねぇ、シンジ」

ある時、俺の部屋に夕食を持ってきた母さんが言った。

「ゆうちゃんって、誰？　この間、武田《たけだ》くんのとこのお母さんに会ったら聞かれたの。シンジくんは、麓《ふもと》の町に仲のいい子がいるんですね。親戚《しんせき》か何かですか？　って。そんな子がいるの？」

『武田くんのとこのお母さん』の優しそうな顔を思い出したら、心臓がぎゅっと痛んだ。昔、低学年だった頃、遊びに行ったら、お菓子とジュースをくれたおばさん。あの時は味方だったのに、今は敵に思えて悲しかった。そんなつもりじゃなかったのに。

答えないでいると、母さんのため息が聞こえた。

「ここに置くね」

ご飯の湯気の匂いと、味噌汁《みそしる》の匂いがした。

母さんが出て行った後で布団を這《は》い出し、お盆の上に並んだ夕ご飯を見ていると、急に心細くなった。下から、声が聞こえた。父さんが「シンジは？」と尋ね、母さんが「ダメ」と答える。普段ご飯の時につけてるニュースの声も聞こえた。

おなかがきゅーっと、音を立てた。

味噌汁のお椀《わん》を両手で掴《つか》む。じわっと涙が滲《にじ》んできそうになる。お母さん。五年生にもなってみっともないことこの上ないけど、親を巻き込んだんだと思った途端、心がぐらぐらと揺れた。本当におおごとになってしまった。

暗い部屋で一人で食べても、母さんのご飯はおいしかった。ふいに、キョウスケは元気かな、と思った。

夏休みに入ってから、キョウスケが何回か家を訪ねてきた。玄関で「シンジくんに会えますか？」と母さんに聞く声を、布団の中で聞いた。だけど俺は、狸寝入りをしてみせて、それを無視した。

外に出れば、きっと近所の神社や駄菓子屋で、俺はクラスメートたちに鉢合わせるだろう。どんな顔をすればいいのか、わからなかった。ラジオ体操もプールもサボってるし。

このままずっと自分の部屋の中で引きこもりになってくのかな、と考えた。休みが終わっても、二学期もずっとこのまま。だけど、ズル休みが続いたら、俺、中学校に進めなくなるだろうか。

その時。

自分が考えた言葉に、戦慄《せんりつ》した。

——中学。

急に思い当たった。今までもまったく意識しなかったわけじゃなかったが、心のどこかで目をつぶって考えないようにしていた。

俺たちの町には、中学校がない。だからみんな、麓の町の中学に通うのだ。そこの子たちと一緒に。そこに、俺の言う「ゆうちゃん」はいない。すべてが本当にバレてしまう。

どうしよう。

手のひらもわきの下も、嫌な汗でびっしょり濡《ぬ》れた。やばい、やばい、やばい。頭の中に警報のランプが点滅する。あいつらが笑うところ。思い浮かべたら、喉《のど》からグエッという音が洩れて、吐きそうになる。

どうしよう。

もう、俺たちは五年生。あと二年後には中学だ。祈る相手は一人しかいなかった。

神様。

吐き気のせいで涙目になった視界の端っこ、開けっ放しの網戸の向こうに月が出ていた。必死に念じる。

お願いです。天ぺん地いを起こしてください。

（四）

その日の夜のことだった。

窓に何かが当たるコツ、コツ、という音を聞いて、俺は目を覚ました。咄嗟《とっさ》に目覚まし時計を見ると、針が十時を指していた。

窓にまた、コツ、と何かがぶつかった。それからしばらくして、網戸に小石のようなものが跳ね返るのが見えた。

そろそろと窓に近付き、顔を出すと、キョウスケが小石を振り上げて、今まさにこっちに投げようとしているところだった。

「タイム、タイム！　当たったら危ないだろ」

叫ぶと、キョウスケが手を下ろした。そのまま笑い、一呼吸ついてから、「早く、シンジくん」と俺を呼んだ。

「すごいものがあるんだ。来て」

相手がたとえキョウスケだったとしても、久しぶりに見る家族以外の顔は新鮮だった。「ああ」と頷《うなず》いて、パジャマのまま外に出て行く。

キョウスケが俺を連れて行ったのは、いつもの神社だった。手に懐中電灯を持っている。夜遅いというのに、むわっとする暑さのせいか、蟬が鳴いている声がまだしていた。

「さっき見つけたんだ。最初は、何かと思った」

神社の敷地の奥に、本殿に続く木製の扉がある。中には神輿《みこし》がしまわれていて、ここを管理する大人たちが出入りしているところを何回か見たことがあるけど、子どもは入っちゃいけない場所だ。

ここの扉の向こうに願いごとを書いた紙を貼りつけて、その前で毎日祈ると願いが叶《かな》う。そんな噂が立ったことがあって、俺も昔やったことがある。結局すぐにみんな信じなくなって、紙は全部剝《は》がされてしまった。今じゃ、そんなことをしてるヤツは誰もいない。

聞こうとして、声が止まった。

「何だよ、忍び込む気──」

何かが扉の前にいる。丁度、壁との境目辺り。黒い影が見えた。

蛾か、カナブンか何かかと思った。だけど違う。それにしちゃ大き過ぎる。近付いても、じっとしたまま動かないし逃げないし、何より闇の中のシルエットは、俺が知ってる虫のどれとも違っていた。

一瞬、ホラー映画に出てくるような、とんでもなくグロテスクな化け物の姿を思い浮かべ、ごくりと唾《つば》を吞《の》む。動けないでいると、キョウスケが懐中電灯の明かりをつけた。黄色い光の丸の中に照らされたものの姿を見て、息を吞む。

それは、蟬が、今まさに脱皮して出てきた姿だった。

古びた金属のような薄茶色の抜け殻。背中がぱっくり割れて、そこから成虫が逆さ吊《づ》りになっている。翅《はね》はまだ縮れてぐしゅぐしゅで、何日もポケットの中に入れっぱなしにしたハンカチみたいだった。色は真っ白で、まだ濡れているようだった。蛍光塗料が塗られたように透明に発光して見える。抜け殻がなければ、これが蟬だってわかんなかったかもしれない。

「すげぇ！」

思わず声を上げた。

「さっき見つけたんだ」

キョウスケが言った。

「神社から帰ろうとして、横を通ったら気付いた」

「ものすごくレアじゃん！　普通、こんなとこ見られないって」

教育テレビの理科の番組で、早回しの映像を見たことを思い出した。もっともそれは、蝶《ちょう》の羽化か、アサガオの種から芽が出るところかなんかだ。本当はゆっくりと時間をかけていくはずの自然の営みが、チャカチャカと人工的に見せられていく。だから、こんな決定的な場面を今自分が見てるってことは本当にすごいことだと思った。

「生きてんだよな、こいつ。全然、動かないけど」

「大丈夫だよ。さっき、ちょっと手足が動いてた。あ、見て」

もがくように小刻みに、真っ白い体が左右に揺れる。うわっと身を乗り出す。

「かわいい顔してるなぁ」

「ほんとだ」

蝉の顔なんて、知ってるようで知らないものだ。間近で見ると、左右に飛び出たつぶらな目は、テレビで見るアザラシの赤ちゃんか、何かのキャラクターみたいにかわいかった。

ふと気になって、尋ねた。

「ドア、誰かにうっかり開けられたらどうする？」

蝉がきちんと飛び立つまでどのくらいの時間がかかるのか、わからなかった。もう夜遅いけど、誰かがここに来ることだってないとは言えない。壁との境目。挟まれたら、アウトだ。

キョウスケが顔を曇らせた。

「蝉ってさ、すごく長い時間、幼虫のまま土の下で過ごすんでしょ。十年近くそうしてるのもあるって」

俺も何かで読んだことがある。他の虫やもぐらに食べられないように気をつけながら、長い間暗いところで準備するのに、実際に成虫になって空を飛び回れるのは、一週間ぐらい。口に出さなくても、キョウスケが同じことを考えているのがわかった。

カチリ、と音がして、ヤツが懐中電灯のスイッチを切った。

「眩《まぶ》しいとかわいそうだから」と、暗い影になったキョウスケが言った。

蟬の声がより近くに感じられた。ジジジジ。ミーン、ミーン。シャンシャンシャンシャン……。

「仲間が応援してるぞ。頑張れ」

止まったままの蟬は無防備で、放っておいたら、鳥か何かに襲われてすぐ下に落ちてしまいそうだ。使命感を抱いた。見届けなければならない。こいつが翅を広げ、無事に飛び立つところまで。

こいつが無事に羽化できなければ、それは俺とキョウスケのせいだ。理不尽かもしれないけど、もう、見つけてしまったんだから仕方なかった。頭の上から降ってくる無数の蟬の鳴き声に囲まれてしまうと、夏の夜の持つ魔力みたいなものに逆らえなくなった。

ずっと静止したままだったのに、蟬が、急に全身を反らすようにダイナミックに動いた。自分の抜け殻に摑《つか》まって、器用にくるりとむきを返す。「あ」と二人で同時に呟《つぶや》いた。小さな翅が、段々と広がっていく。本当に、時間をかけてゆっくりと。

白っぽい翅の上にうっすら光る緑色の筋が、葉脈のようだ。もう完璧《かんぺき》な成虫の姿。すぐに飛べるように見えるけど、何かを辛抱強く待つように、同じ姿勢のまま、まだ動かない。

飛び立ったのは、朝方だった。あれだけの準備が嘘みたいに、短い「ジジ」という一声を散らし、翅が動く瞬間を見た。

東の空がじんわり黄色くなり始めていた。

「アブラゼミだったね」

キョウスケが言う。「そうなの？」と驚いて尋ねると、キョウスケは、まるで当たり前のことを語るように「翅に色がついてたから」と答えた。

「シンジくんの家の図鑑で前に見たんだよ。読んでないの？」

「読んだけど、普通、そんなこと覚えてないって」

部屋の本棚の一番下に、小学校に入学してすぐ両親に買ってもらった図鑑セットが入っているが、最初に軽く見た後はずっと読んでない。だけど、そういやキョウスケは昔から遊びに来るとよく読んでた。

「シンジくん」

神社を出る時、小声でキョウスケが呼びかけてきた。顔を向けると、さっきまでの高揚した様子が消えて、キョウスケはちょっと元気がなくなったように見えた。

「夏休みに入ってから、本当はちょっと、落ち込んでたんだ。友達が元気なくて」

「ふうん」

本当は友達なんかいないくせに。

そっけない返事をしてしまってから、急に気付いた。友達のいないキョウスケの友達。元気のない友達って、俺のことか？

思わず顔をしかめる。だけど、黙っていた。

「今日は、付き合ってくれてありがとう」

キョウスケが言った。俺相手だっていうのに、大人にするみたいに、わざわざ律儀に頭を下げて。

（五）

蟬の羽化を見た夜から、意地になっていた気持ちがふっと緩んでしまった。悔しいけど、家出や小遣い値上げのハンガーストライキが長続きしないように、俺の引きこもりもおしまいになってしまった。

六十円の棒アイスを食べながら、キョウスケと一緒に自転車でふらふら散歩して、夕方頃に神社に戻って解散するつもりが、誤算があった。クラスメートたちが、境内の裏の、お昼にお年寄りたちがゲートボールをしている場所でサッカーをしていた。

身体が硬直した。

姿を見られないうちに回れ右して帰りたかったのに、遅かった。中の一人が俺たちを見つけ「よお！」と派手に声を上げた。周りのヤツらが、にやにやと笑っていた。

「今日は、お前ら二人なの？　ゆうちゃんはいないのか？」

絵を褒められたあの日以来、風向きがすっかりよくない方向に変わっていた。悪い遊びが一つ新たに認定されたような空気があった。黙っているのも癪《しゃく》だから、聞こえるか聞こえないか程度の小声で「いないよ」と答える。そのまま帰ろうとすると「待てよ」と呼び止められた。

「お前、ラジオ体操ずっと休んでたよな。だけど、元気そうじゃん。……サッカー入らないか？」

誘われるのなんて、本当に久しぶりだった。そいつが続けた。

「人数足りないんだ。キョウスケはともかく、シンジ、入れてやるよ」

その声は、有無を言わさぬ強い力を持っていた。断れば、本当にあの学校から弾《はじ》き出される。後ろで、他の連中がまるで伝言ゲームでもするかのように、耳打ちを右から左へ素早くウェーブさせる。

嫌な予感なんて、充分過ぎるほどしていた。だけど、逆らえなかった。

パスは、一度ももらえなかった。

期待して、敵に囲まれた味方の前に出る。俺はノーマークだったにもかかわらず、相手はパスを、がっちり敵に囲まれた別の誰かに送る。当然、ボールは奪われる。そんなことが、短い試合の間に何回も続いた。シンジにパスを出すくらいなら、負けた方がマシ。声なき声が聞こえるようで、下を向きそうになる。チクショウ。昔はうまかったのに。ボールもらって、シュートだって何本も決めたし、敵陣営までボールを運ぶ俺を、みんなだって羨望《せんぼう》の眼差《まなざ》しで眺めたはずだ。ナイッシューって声をたくさんかけられた。

チクショウ。

前半が終わり、休憩を間に挟むと、木陰に座ってこっちを見つめるキョウスケの視線が痛いほど突き刺さった。あちこちで、ぎゃははは、と大袈裟《おおげさ》なほど大きな笑い声がしていた。耳を塞《ふさ》いで、いっそ目も閉じてしまいたかった。

試合が再開され、歯を食いしばってボールを奪いに行く。もう、個人プレーだって何だって、知ったこっちゃなかった。強引に分け入り、敵の前に出る。相手が眉根《まゆね》を寄せて、俺を睨《にら》んだ。唇の端が片方釣りあがるのを見た、次の瞬間だった。ヤツが足を後ろにすっと引く。チャンスだ！　足を出そうとすると、思いがけないことが起こった。

ボールが、俺の腹にまともに飛んできた。

が、とか、げは、とか、そんな声を上げたと思う。倒れこんだ地面の石と砂の、ざらざらした感触。

「シンジくん！」

上がった声は、キョウスケの一つだけだった。「ごめんごめん。ミスった」軽い声がすり抜けていく。驚いたことに、ゲームはまだ続いていた。倒れた顔や投げ出された手足のすぐ脇をびゅんびゅんと通過するスニーカーの足たちが、とんでもなく恐ろしい凶器のように思えた。腹の痛みよりそっちの恐怖に負けて、膝《ひざ》をついて立ち上がる。

「悪いな、シンジ！」

無言で立ち上がり、中心の位置に戻ろうとする。すると間髪を容《い》れずに、背中に衝撃が走った。肘《ひじ》を突き出した姿勢のまま、味方チームの一人が横を過ぎていく。「おっと、ごめん」そこに、ボールがもう一度飛んできた。

起きても起きても足を掛けられ、砂を飛ばされ、身体が何度も同じ場所に倒される。

凄《すさ》まじい勢いで回転する竜巻の渦の中心にいるみたいだった。一歩外に出たら、指も腕も巻き込まれて切られてしまう。

叫ぶキョウスケの声ももう聞こえなかった。砂が入って、望んでいないのに目を勝手に塞ぐことができた。

負けるか、チクショウ。

寝て、力を抜けば楽になれるかもしれない。だけどそれって、熊に遭った時に死んだふりするのと一緒だ。そんなことをすれば、今度こそ逃れられず、あっという間に吞《の》み込まれる。サッカーボールが胸にあたって、中の空気がポン、と弾む音がした。軽い音だったけど、衝撃は今までで一番強い。「誰か、助けて！」声がした。そんな声の心当たりは一人しかいない。だけど、すごく遠くに聞こえる。そっちに顔が向けられない。

その時だった。

目の前に、それまで見なかったオレンジ色のスニーカーの足がすっと立った。他の足と同じように通り過ぎると思ったのに、俺の頭を守るように目の前からどかなかった。

竜巻の回転がやんだ。周りの空気がざわっと揺れるのを感じた。

「卑怯《ひきよう》じゃん。堂々とやれよ」

声を聞いて、信じられない気持ちで立ち上がる。今度こそ、ボールは飛んでこなかった。砂まみれの顔を払い、目を瞬《しばたた》く。俺より二十センチ近く高い背中が、すぐ近くに立っていた。

彼の後ろ姿の肩が、シュッと、滑るように動いた。間に分け入り、呆然《ぼうぜん》とする連中の足の下から、サッカーボールを奪う。無駄な高さがない、鳥が正確に飛ぶようなスピードを持ったパスが、「シンジ！」という声とともに、俺の足に届いた。

咄嗟《とつさ》に身体が動いた。まだ、胸は重たい痛みを抱えていたけど、この時ばかりはそれを忘れた。足首で止める。ゴールネットがすぐ斜め前にあった。力を込めて無心にボールを飛ばすと、それは突っ立ったままのキーパーの真横にバシッと入った。

「ナイッシュー！　シンジ」

時が止まったような広場の真ん中に、場違いなほど明るい声が響き渡った。息が止まったように、すぐには何も言えなかった。みんな、突然現れた「彼」の存在を固唾《かたず》を呑んで見守っていた。

太陽を背に立った顔が、段々はっきり見えてくる。色素の薄い茶色い髪と、すっと尖《とが》った小さな顎《あご》。黒目がちな一重の瞳《ひとみ》は、芸能人になれるほど魅力的じゃないかもしれないが、クラスの女子をうっとりさせる程度にならー充分な効果を持っていそうだった。

この顔だ、と思った途端、何も考えられなくなった。

泣き出さなかったのが、不思議なくらいだった。震える声で、俺は聞いた。

「ゆう、ちゃん……?」

驚くべきことが起きた。彼が頷《うなず》いた。

「元気か?　シンジ」

オレンジ色のスニーカーは、エアーが入ってるナイキのいいやつだった。こんなかっこいいの、俺のクラスじゃ、誰も持ってない。

「ブラジルのサッカー合宿、昨日、ようやく終わって帰って来たんだ」

ジワジワジワジワジワ。

蝉が鳴く声が、音のシャワーのように俺たちの肩を包み込んだ。

(六)

キョウスケが、信じられないって顔をしていた。現れたばかりの「ゆうちゃん」が振り向き、ヤツに向かって「よお」と手を上げた。昼の真ん中に、人差し指を当てる。俺が顔を見ると、テレビの中のガキ大将がするみたいな仕草で指を横にすっと動かし、鼻の頭を払った。砂まみれの俺の顔と違って、ゆうちゃんの顔なんてきれいで涼しいものだったけど、そのちょっとかっこつけたような仕草は、彼によく似合っていた。

場が急に白けた。

クラスメートたちはゆうちゃんに軽く睨まれただけで、遊びの終了を告げ、バラバラと神社を去っていった。

「もうやんなよ！　次からは堂々と勝負しろ」

夏の空高くまで吸い込まれていくような大声で、ゆうちゃんがヤツらの背中に呼びかけた。

天変地異が、起きた。

何も言葉にならない俺の前に、ゆうちゃんがしゃがみこんだ。「血が出てるよ、シンジ」と呼びかけてくる。

それから三人で、昔キョウスケの膝を洗った湧き水で肘や膝の傷を洗った。ちょろちょろと水をかけていると、「そんなんじゃダメだって」とゆうちゃんが盛大に水をかけだし、傷の周りの砂や石を手でこすって落としてくれた。人の傷だって容赦しない。思わず「いっ」と声が上がって、顔をしかめた。

痛い。きちんと痛い。

夢じゃないのか？

「……本当にゆうちゃんなの？」

「は？　何言ってんの、お前」

首を傾げ、ゆうちゃんが身体を引いた。

「合宿行ってて遊んでなかったからって、そりゃ薄情なんじゃない？　俺、忘れられちゃった？」

「そんなことない！　そうじゃなくて。だけど……」

ブラジルへのサッカー留学、色素の薄い髪。全部、俺が作り出したとおりだ。紙の上のキャラクターに設定を与えるような感覚だったのに、目の前の彼は触《さわ》れる。幻覚じゃない。

こんなことが起こるわけがない。理性的な気持ちと、せっかく現れたゆうちゃんが消えてしまうんじゃないかという恐怖とがせめぎ合う。俺、さっきの試合で転び過ぎたせいで、頭でも打って、おかしくなったんだろうか。助けを求めるようにキョウスケを見た。

キョウスケは、黙ったまま、ゆうちゃんをじっと見ていた。視線に気付いて、彼が振り返る。やがてゆっくり、キョウスケが言った。

「――ほんとに、ゆうちゃんってことでいいの？」

こいつの口から、これまでゆうちゃんの名前が出たことは一度もない。全部を知ってて、だけど何も言わないキョウスケ。杜撰《ずさん》で下手な落書きを見つけられたような、恥ずかしさに似た感情がこみ上げ、だけどそれを当のゆうちゃんが、目の前でかき消した。

「ああ」

彼がしっかりと頷いた。

背が高く、そんな物言いで頷く彼は、俺たちよりも随分年上に見えた。実際そんなところが、俺のイメージの中のゆうちゃんと合致している。対峙《たいじ》するキョウスケの反応は、ごくあっさりとしていた。

「そっか。じゃ、よろしく」

その声を聞いた途端、いいのか？　と思った。キョウスケは俺の中で、二つの世界の境界線だった。こいつだけが、俺を世界一かっこ悪い、不幸な人間にしてしまうことができる。

それなのに、お前、認めちゃうの？

それは、自分が許されたことを噛《か》み締めた瞬間だったのだと思う。俺は、この天変地異の奇跡を、受け入れていい。

「何だよ。あらたまって」

気持ち悪いな、と笑うゆうちゃんの顔。夕暮れ時の名残の太陽が、彼の顔を照らし出す。

それから俺たちは、あいつらが残していったサッカーボールを蹴《け》り合って遊んだ。きちんとキョウスケも入れて、三角形にパスを出し合う。

夕飯の時間が近付き、別れ際にゆうちゃんが言った。

「また、明日《あした》」

ぶるっと鳥肌が立った。

「……本当に？」

思わず尋ねてしまうと、ゆうちゃんが「ん？」と怪訝《けげん》そうに首を傾げた。

「どうした？　それとも、明日はうちで遊ぶか？　お前の好きなチョコ、また女子にもらったよ」

こんなに幸せなことがあっていいのだろうか。俺自身だって沈めていた記憶の深い場所から、彼の声が事実を浮かび上がらせる。確かに、俺、クラスメートに自慢した。

女にモテるゆうちゃんの、その戦利品を分けてもらったこと。

ゆうちゃんがふっと笑った。

「じゃあな！　明日もまた来る」

神社の脇に横倒しになっていたマウンテンバイクを起こす。雑誌に出ていたやつと同じなのかどうか。もう覚えてないけど、きっとまったく同じ種類なんだろうと確信する。

見えなくなるまで手を振ると、ゆうちゃんの手が触った傷がヒリヒリと痛んだ。取りのぞかれた砂や石。彼の手は本物だった。

（七）

あれは一度きりの神様の気まぐれなんじゃないかと思ったし、そうだとしても恨むつもりなんかなかった。けれど、翌日の朝、俺の家の前に、ゆうちゃんがまた現れた。

「シーンジーくーん。あーそーぼー」

二階の俺の部屋に声が聞こえる。急いで階段を駆け下りる俺を、母さんの声が呼んだ。

「どこか行くの？」

「友達と遊びに！」

答える時、誇らしさに胸がうずうずした。一緒にキョウスケを呼びに行く。

「見て欲しいものがあるんだ」

町外れの丘に広がる森に、俺は二人を案内して行った。キョウスケが通ってる喘息《ぜんそく》の診療所の裏手。

入り口にそれぞれの自転車を停めて、木漏れ日がチラチラ差し込む薄暗い木々の間を歩いていく。頭上に蟬が鳴き、森の中は湿った土や木っカスの匂いがしていた。

奥に進むと、朽ちかけたような木造の空き家がある。大きなけやきの木の脇、家の前には赤錆《あかさび》が浮いてもう廃車も同然の軽トラックがおかれている。辺りは草が生い茂り、家にも車にもアサガオのツルが巻きついている。

「じゃーん！」

「なんだ、オニババ屋敷のこと？」

大声を上げて両手を広げた俺をよそに、キョウスケが言う。ゆうちゃんが尋ねた。

「オニババ屋敷？」

「あれ、知らない？」

ゆうちゃんの声に答えながら、すぐに、そっか仕方ないんだ、と思い至る。俺の作ったゆうちゃんは麓《ふもと》の町の小学生で、この町のことを知らない。

「ずうっと前からここにあるんだ。俺らがまだ一年だった頃は、そん時の六年生たちがここを秘密基地にして遊んでたみたいなんだけど、今じゃもう誰も遊んでなくて、もったいないなって思ってた」

実を言うと、想像の中の俺とゆうちゃんは、すでにここを自分たちの家のように使っていた。お菓子やジュース、漫画本を持ち込んで暗くなるまで過ごす秘密基地。

「暗いし、草ぼうぼうだし、オニババが住んでるみたいな雰囲気だから、オニババ屋敷って呼んでるんだ」

キョウスケが余計な説明を付け足す。こいつ！　俺は慌てて言った。

「基地にしようよ」

声が興奮してるのが、自分でもわかった。

俺の出した「秘密基地」の単語は、確かに心を揺らす響きがあったのだろう。結局、首を傾げがちだったキョウスケも賛同し、その日から、基地作りを始めることに決めた。

夕方、けやきの木に登った。正真正銘、オレンジ色に染まった夕焼けの空を、高い場所から見る。下に、俺の家や神社、キョウスケの家や学校も見えた。麓の町が見えて、「ゆうちゃんの家も見える？」と尋ねると、ゆうちゃんは目を細めた。

「見えない。もっと、ずっと遠い」

運動音痴のキョウスケも、頑張って上まで登ってきた。じっとり汗をかいた額の上を過ぎる風が心地よかった。

丸二日かけて三人で家を掃除すると、オニババ屋敷は随分すっきりしてきて、そうなると不思議なことに、暗かった家にもきちんと光が差して見えるようになった。母さんに無断で持ち出した芳香剤のスプレーを、あちこちにシュッシュッと振りかける。

「秘密基地にそういうの、似合わないって」と、ゆうちゃんがゲラゲラ笑った。

ゆうちゃんは、どこから来たんだろう。

一緒に笑って、家を片付けながら、気を抜くとふっと考えてしまう。それは、ゆうちゃんはずっとここにいてくれるんだろうか、という不安と表裏一体に結びついていた。

ゆうちゃんは、確かに今はっきりと存在している。俺がこれまで積み上げてきた設定一つ一つを裏切ることなく、想像通りの姿で立っている。

ただ、ゆうちゃんは俺の作った設定の枠を出られない部分もあるらしいことが段々とわかってきた。

たとえば、それはゆうちゃんの本名を聞いた時だ。ただの愛称じゃなくて、「ゆうま」なのか「ゆうじ」なのか。彼が答えさえすれば、それがオフィシャル設定に採用されるというのに、尋ねると、ゆうちゃんは心外そうに顔をしかめた。

「なんだ、それ。親友の名前忘れるって、失礼にもほどがあるんじゃねえ？　ふざけてないで、仕事の続き続き」

兄弟はいるのか、住所は、電話番号は？　学校の先生の名前はなんていうのか――。

「前に教えたじゃん」

俺が考えていなかった部分に話が及ぶと、ゆうちゃんはそれをするっとかわして、一つも満足に答えなかった。――いや、答えないんじゃない。

答えはないんだ。

汗だくになって、三人一緒にうちに帰ると、母さんがもろこしを蒸《ふ》かしていた。ドアの前に立っただけで、甘い匂いを含んだ独特の熱気を感じた。俺はゆうちゃんに言う。

「食べてきなよ」

もろこしを出してくれた母さんの様子は、ゆうちゃんが現れる前と後とで、特に変わったようなところはなかった。どうやら親同士が親友で、という設定はなくなってしまったようだ。キョウスケもそうだけど、どうやら、他人の記憶の改ざんなんかは望めないらしい。

俺はちょっぴりがっかりしたが、縁側に並んで、まだ火傷《やけど》するように熱いもろこしをほおばっていると、そんなの些細《ささい》な問題だ、という気がした。

「うまいな」とゆうちゃんが言った。幻じゃない証拠に、彼がかぶりついたもろこしにはゆうちゃんの歯の跡が刻まれていく。「うちで作ったやつなんだ」と俺は得意になって答える。

「これもどうぞ」

母さんが裏の畑からさらにきゅうりを採ってきて、味噌《みそ》と一緒に出してくれた。外国製のチョコレートに比べて何だか恥ずかしい。

「やっぱ、シンジのうちって最高」

都会である麓の町に住んでる彼にはこんなものでも嬉《うれ》しいのか。だけど、言葉とは裏腹に、ゆうちゃんはあんまり量を食べなかった。もろこしも、一本が食べきれずに半分くらい残して、それを俺とキョウスケでもらった。

俺の中のゆうちゃんのイメージは、元気溌剌《はつらつ》で痩《や》せの大食いみたいな感じだったんだけど、微妙に違う。他にも、イメージと違うところはあった。

元気溌剌のゆうちゃん。サッカーが大好きで、夏だって太陽をたっぷり浴びて、怯《ひる》むことなくボールを蹴《け》ってる。茶髪だってそのせいだし、だからその分、当然、肌も浅黒く日焼けしてるはずだった。

目の前のゆうちゃんは、真っ白だ。

森の中で、茶色い髪が光を浴びてキラキラ輝いて見える時、ゆうちゃんの身体は内側から白く発光してるみたいに見えて、時々、そのままガラスみたいに透明になってしまうんじゃないかって、心配になる。

翌日、朝早くから俺のうちに集合して、もう使わなくなった毛布や漫画雑誌を自転車の荷台にくくりつけて持ち出す。大量の雑誌が家から消えて、母さんが厄介払いできたことを喜んでたのがちょっと面白くなかった。「どこに持ってくの？」って聞かれたけど、基地のことは答えなかった。ゆうちゃんが耳の近くで「廃品回収」って囁《ささや》いた。「俺の町の」

その通り答えると、それ以上追及されることもなかった。ゆうちゃんはさすがだ。

基地の中はだいぶ快適になった。あちこちささくれだった木の床に毛布を広げ、雑誌を家具の代わりに並べる。俺が捨てずに取っておいた漫画は結構な冊数で、きちんと三人分のベッドと椅子を確保することができた。

ゆうちゃんと俺は、互いのベッドに寝転んで漫画を読んだ。キョウスケは小屋の裏にある縁側部分に腰かけて、やっぱり漫画を読んでいた。時折、母さんの持たせてくれた水筒から代わりばんこに麦茶を飲んだ。

そんなことをしているうちに、俺はそのまま うとうと昼寝してしまった。どれくらい経ったのか。目を覚まして、俺はまずゆうちゃんの姿を捜した。急に現れたゆうちゃんは、その逆に、急にいなくなってしまうことだってないとは言えない。

家の裏手から、二種類のケホケホ、という声が聞こえた。外に出て行くと、辺りはもう薄暗かった。ゆうちゃんとキョウスケは、二人でけやきを見上げていた。ケホ、とまた声がした。

埃《ほこり》か何かでむせてるのかと思ったが、空気は静謐《せいひつ》で澄んでいた。カナカナカナカナ、昼間は聞かないヒグラシの声がしている。同じ蝉の声でも、昼のアブラゼミやミンミンゼミと違って、秋に鈴虫が鳴く時のような物悲しさを感じた。

「あそこにセミがいるんだ」

キョウスケが木の上を指差した。

「多分、今鳴いてるのもそうだ」

「へぇ」

羽化を見た一件以来、俺もキョウスケも妙に蝉やその抜け殻を意識するようになっていた。この間も、夏になると庭にボコボコあいてる小さな穴が蝉の幼虫が出てきた時のものらしいってことを母さんたちから聞いて、それまで興味なんかなかったのに、俄然《がぜん》すげぇって気持ちになったばかりだった。あんな固い地面、どうやって掘るんだろう。

黙ったまま上を見ているゆうちゃんの横顔を見たのは、つい何となくってだけで深い意味なんてなかった。だけど次の瞬間、俺は「え」と目を見開いた。

ゆうちゃんの目が、泣いてるように潤んで見えた。暗いし、見間違いかもしれない。

ゆうちゃんが自分の足元を見つめた。闇でもそうとわかるくらいに白い手が、小さな拳《こぶし》をきゅっと握る。

何か言わなきゃ、と思った。ゆうちゃんが悲しそうに足元の一点を、それからちょっと視線を逸《そ》らしてまた別の一点を見つめる。

どう声をかけていいかわからない俺の前でぱっと顔を上げ「行くか」と告げた。その時には、もう、いつもの表情に戻っていた。

「そろそろ帰らないと、シンジの母さんが心配する」

スタスタ歩き出したゆうちゃんを追いかけて、すぐにキョウスケもいなくなった。

カナカナカナ。木琴を鳴らすような声を頭の上に受けながら、俺はしゃがみこんでゆうちゃんの視線の先にあったものを探した。

地面には、蟬の死骸《しがい》がいくつか落ちていた。

夏だし、森の中だから仕方ない。翅《はね》に色がついてるかどうかまでは確認できない。一つを手にとって、手のひらに載せてみると、軽かった。蟻がたかってることに気付いて、慌てて地面に戻す。

小屋の前で、二人は鞄《かばん》を肩に引っかけて、すでに俺を待っていた。「遅いぞ、シンジ」ゆうちゃんに言われて、「ちょっと待ってて」と鞄を取りに戻る。その時、中の様子を覗《のぞ》きこんだ俺は、あれっと思って足を止めた。

ゆうちゃんと、俺がそれぞれ寝ていたベッド。俺が寝ていた右側のやつは、雑誌の厚みが身体の形にへこんでいる。だけど、ゆうちゃんが寝ていたはずの中央のベッドは、最初に並べた時のまま、ふっくらしていた。

俺の勘違いだろうか。それは今日使わなかったキョウスケのベッドで、ゆうちゃんはもう一個の、左側の方で寝たのかもしれない。思ったけど、確認はしなかった。

帰り道、いつもより遅い時間になったせいで、坂道をちょっと急いで駆け下りていく途中、俺は目の前のゆうちゃんの背中に問いかけたい衝動を、必死に抑えた。

——ゆうちゃんは一体誰で、どこに帰るんだ？

俺の想像だっていうのなら、俺と別れた後、どうなるんだ。ポン、と姿を消してしまうのか。気になるけど、聞いたら、ゆうちゃんはここから本当に消えてしまうかもしれない。


ゆうちゃんの正体は何なんだろう。

その日、帰って布団に入ってからも、俺はなかなか眠れなかった。俺の話によって成立した親友を疑うことは、その存在そのものを否定することに繋《つな》がりかねない。

まず、ゆうちゃんが俺のところに現れた理由は何だろう？　神様に祈ったから。理由はそれだけしかない。天変地異を起こしてください。俺とゆうちゃんの世界をくっつけてください。

だけど、神様はどうしてそんなわがままを聞いてくれたのだろう。俺はお賽銭《さいせん》をはずんだ覚えもなければ、どんな善行をしたわけでもない。ただ吐《つ》いてしまった嘘を思って部屋に引きこもり、みんなのことを恨んだり、呪ったりしていただけだ。いいことなんて——。

ふっと、心の隙間に入り込んでくるものがあった。布団から身体を起こす。——まさか。

まさか、まさか、まさか。背筋をすぅっと冷たいものが落ちる感じがした。

俺がした、このところ唯一の善行と呼べるもの。そう、たいそうなことをしたわけじゃない。だけど、応援した。

地面に落ちた蟬の死骸。あれは、そこに自分のことを重ね合わせるようじゃなかったか？　泣いてるように見えたのは、見間違いなんかじゃなくて——。

いてもたってもいられなくなって、部屋の隅にある本棚まで這《は》っていく。一番下の棚に、キョウスケがこの間言ってた図鑑が入れてある。『はな』『とり』『ほにゅうい』。並んだタイトルの中から『こんちゅう』を引き出す。

蟬のことが書かれたページはすぐに見つかった。

胸がドキドキして、具合が悪くなりそうだった。祈るような気持ちでページを捲《めく》る。

あった、『アブラゼミ』。

『ようちゅうのときは土《つち》の中《なか》で五年《ごねん》から七年《ななねん》すごし、やがてうかする。(うかは、てきに食《た》べられてしまわないように日《ひ》がくれたくらいうちにおこなう。) はねは赤《せき》かっ色《しょく》。なき声《ごえ》は「ジー、ジー」という。せいちゅうになってからのいのちは一週間《いっしゅうかん》から一ヵ月《いっかげつ》。』

最後の一文を見て、息を呑《の》み込みそのまま止めた。呼吸を再開するとそれがそのまま事実になってしまう気がして、しばらくそうしていた。

——成虫になってからの命は、一週間から一ヵ月。

がつんと、自分の身体がどこかに叩《たた》きつけられる音を聞いたように思った。あの時。キョウスケと羽化を見た日にも一度考えたことだった。短い間しか飛び回れないんだから、無事に飛んで欲しいと祈った。それこそ、必死に。

「ゆうちゃん」は、あの時の蟬なんじゃないのか？

バカバカしいと思ったのに、考えないようにしようと思ったのに、一つを当てはめると全部がドミノ倒しのように一つの答えに向けてバタバタとひっくり返っていく。

慌てて図鑑を手放し、布団の中にもぐり込んだ。心臓の位置でパジャマを掴《つか》む。自分でも驚くほど、ばくばく音を立てて鼓動していた。

外で、蝉が飛ぶ準備をするような「ジジッ」という短い声が聞こえた。

（八）

次の日から、俺たちは秘密基地で直接待ち合わせをするようになった。

母さんが作ってくれたおにぎりと水筒を片手に坂道を登る。途中、偶然クラスのヤツらと鉢合わせた。

一人が俺に気付いて、こっちを見る。だけど俺は無視して、自転車をこぐ足に力を込めた。

嘘つき呼ばわりされたことも、それを弾《はじ》き返す実在の親友を手に入れられた喜びも、今はもう、遠い昔のことのようだった。力が変にかかって、自転車のペダルから足がガクンと外れる。その後ろ姿をあいつらに見せてしまったことが腹立たしかった。笑われることを覚悟したけど、声は飛んでこなかった。

小屋に着くと、ゆうちゃんとキョウスケはもうちゃんとそこに来ていた。木陰の光の中に立つゆうちゃんは、「遅かったじゃん、シンジ」と太陽みたいに眩《まぶ》しい笑顔を見せた。

その日の午後は、キョウスケの週に一度の診療所通いの日だった。

小屋はすぐ近くだから、俺たちは二人ともいつものようにサッカーしたり、木に登ったり、また時々、寝転んで漫画を読みながら、ヤツの帰りを待つことにした。二人だけになってしまうと、急に漫画の内容が頭に入らなくなってきた。ゆうちゃんを問いただしたい衝動に駆られる。夜に生まれた疑惑は、朝になって落ち着くどころか、さらにどんどん膨らんできた。

さっきすれ違ったクラスメートたちの顔が浮かんだ。二学期になっても、ゆうちゃんがいるなら、俺にはもう怖いものなんか何もないと思ってた。だけど、ひょっとしたら、ゆうちゃんには二学期なんていう未来の時間はないかもしれないのだ。この夏休みがすべてだとしたら。

ふるっと心が揺れた。その可能性を口にするのは、怖くてできなかった。

「どうした、シンジ」

見透かすようなゆうちゃんの声がした。漫画を持つ手がびくっとなる。

「何が」

「なんか、元気なくない？」

俺は情けない顔をしていたと思う。優しい言葉を聞いてしまったらダメだった。唇を閉ざす代わりに、喉《のど》が震えて勝手に声が出た。

「あのさ、ゆうちゃん。もしも、もしもなんだけど、自分の吐いてた嘘が本当になったとしたらどうする？」

「嘘？」

「本当に、ひょっとしたらの仮定の話なんだ」

ゆうちゃんが自分自身の存在をどう捉《とら》えているのか、わからなかった。自分が俺の話の中から生まれた、架空の存在だって知ったらどう思うだろう。それかもし、ゆうちゃんがあの時の蟬で、恩返しに来ているんだとしたら――。

俺の、「架空の誰か」の「見えない友達」の話を、ゆうちゃんは黙って聞いていた。大きな真っ黒い目がじっと俺を見ていた。アブラゼミの真っ黒い目の形をついでのように思い出す。似ている気もしたし、全然違うようにも思えた。

すべてを聞き終えたゆうちゃんは、ごろんとベッドに横になった。返ってきた声は、思ったよりずっとあっけらかんとしたものだった。

「その『見えない友達』ってのはさ、要するに現実の代用品だろ？」

身も蓋《ふた》もない言い方だった。ぴしゃりと気持ちを締め出されたように思えて、俺はぎくしゃくと頷《うなず》く。ゆうちゃんが再び身体を起こして俺に向き直った。

「抜け殻だよ、そんなの」

はっきりとした声だった。彼自身に言われるのは、不思議な気持ちだった。

「いくら目に見えても、触れるようになっても、そんなの所詮《しょせん》ただの抜け殻だ。中には何にも入っちゃいない。話の中のそいつは、中身の入ってるヤツらと、もっとちゃんと付き合わなきゃダメだ」

「でもさ」

自分の声が泣き出しそうに弱々しいのが自覚できた。

「現実のクラスメートたちが、それでもその子を嫌がったら、どうしたらいいんだよ」

「その時は、そいつが自分で問題を解決しなきゃならない」

その時は、もうとっくに来てるんだよ。

思ったけど、それ以上言い返せなかった。考えても考えても、ずっと解決の方法がわからないから、だから苦しくてゆうちゃんを呼んだ。それなのに、当のゆうちゃんに急に意地悪く突き放された気がした。

重苦しい沈黙の時間が流れた。仕方なくまた漫画を持ち、適当なページを開く。

「そういえばさ」

ゆうちゃんが言った。

「キョウスケに、この間聞かれたんだ」

「何て」

「ずっとここにいてくれるかって」

俺はまた黙ってしまった。「ま、無理だよな」とゆうちゃんが言った。この間みたいな翳《かげ》りを見せた悲しい顔はしていない。漫画雑誌を読みながら、軽い口調で言った。

「俺、お前らとは別の学校だもん。毎日遊べるのなんて、この休み中くらいだ」

来るべき別れの瞬間への予告のようにも聞こえる言葉だった。

（九）

俺たちの町の夏の雨は、雷とセットになってることが多い。

まず、雷の音と光。それを聞いて暗い空が準備をしていることを知る。本格的に雨が降り出すのはそれからだ。

ごはんを食べている最中に、雷の音が聞こえた。大型トラックが荷台を傾けて、坂道に鉄材の束をぶちまけたような音が何回もしていた。朝から大気の状態が不安定だった。

「近いわねぇ。まぁ、うちの場合は神社の木たちが避雷針になってくれるから、大丈夫だと思うけど」

母さんが言う。

隣の地区の誰々さんのおうちは、庭木に雷が落ちて、それが原因で家の電気系統がすべていかれてしまった、という話をそのまま父さんと続けていた。

空が光る様子を窓から見つめながら、俺は雨が降り出さないことを祈った。ゆうちゃんが秘密基地に来てくれなくなるかもしれない。いつものように支度して「行ってきます」と声をかけると、母さんが顔をしかめた。

「雨が降ってきたら、すぐにうちに戻ってくるのよ」

「わかってるって」

遠くでサイレンの音がしていた。雨や雷の災害に備えて、消防団の人たちが見回りに行くのかもしれない。

自転車に乗って山に向かおうと家を出たところで、ふと、神社の方に目がいった。本殿に続く扉が開いて、微《かす》かに隙間ができていた。この間蝉がくっついて羽化した、あの扉。願いごとを貼りつけると叶《かな》う。

何となく気になって、そばに行ってみる。自転車を停め、開きかけた扉を手前に引いてみると、裏に、紙が一枚貼られていた。もう、こんなおまじないをするやつはいないと思っていたのに。

内容を読んで、ぎょっとして息を呑《の》んだ。その細く丁寧な字と、願いごとの内容に見覚えがあった。

「え？」と思うと同時に、その時、「火事だ！」という声が聞こえた。俺のクラスの男子たちの声だった。秘密基地に行く途中で会ったメンバーだ。はっとして振り返る。みんな、俺に気付かず、神社の建物の遥《はる》か上、俺の後ろの方角を指差している。

「火事？」

口を利くのも嫌だったのに、思わず言ってしまった。一人が俺を見る。そいつらの視線の先に何かがあるのがわかった。それが見たくて、雨が降りそうだっていうのに、きっとみんな外に出てきたのだ。境内から下り、神社の向こうを振り返る。俺たちの秘密基地がある裏山。

空気が火花を散らしたのを見た気がした。まさか。呟《つぶや》く準備をした声が舌の奥で固まる。赤いハンカチを翻したような炎の姿が木の間に見えた。

サイレンの音が、響いた。

その途端、今見たばかりの扉の向こうの願いごとの文字が、目の後ろを素早く流れた。

自転車に乗り、走り出した身体は、他人のもののように感覚がなかった。「シンジ！どこ行くんだよ」呼ぶ声が後ろでした。

辿《たど》りついたキョウスケの家は、ベルを鳴らしても、名前を呼んでも、誰も出てこなかった。ドアにも縁側の窓にも鍵《かぎ》がかかっている。舌打ちが出た。

「キョウスケ！　いないのか⁉」

必死に呼びかける。声の途中から、さっき見た炎の姿を思い出して足がすくんだ。

むわっと立ちこめた熱を腕のすぐ近くに感じた。キョウスケは多分、秘密基地にいる。

ゆうちゃんの声が耳に蘇《よみがえ》る。──抜け殻だよ、そんなの。

抜け殻じゃない。

ハンドルを痛いくらい強く握り締める。地面に散らばったたくさんの蝉の死骸《しがい》。唇を嚙《か》み締めて、その光景を頭から払う。あとは一心に、森の中の秘密基地を目指した。

横のけやきの木に雷が直撃したのかもしれない。

脇におかれていた軽トラックが炎に包まれ、ガラスが全部割れている。こんなに盛大なキャンプファイヤーは見たことがない。火って、安全管理をしてないと、こんなに激しく燃えるのか。

自転車を降り、いつもの森に一歩足を入れただけでこげ臭さと熱気を正面から浴びる。消防車が来ていた。銀色の防火服を着た大人たちが、大声で叫んでいる。離れろ、危ない。

その時、雨が降り出した。

激しくざーっと水が流れる音がして、周囲の音が何も聞こえなくなり、視界が狭くなった。目の前に、燃える秘密基地。縁側の奥の障子が、そこだけ炎を避けたようにぽっかりと口を開けていた。その向こうは、暗くて何も見えない。

中に誰かがいるかどうかを、大人が気にしてるようには見えなかった。ここは、最近まで誰も寄りつかなかったオニババ屋敷だ。

雨に妨害されても、それでも空高く突き上げようとする炎。その時、火花の一つが、明確な意思を持って、すっと飛んだように見えた。木がはぜるパチ、という音に混ざって、耳が鳴き声を聞く。

ジジッ。

その音を聞いた途端、身体が動き出していた。

考えている時間はなかった。小さな火が飛ぶように消えていった縁側の入り口まで、懸命に走り込む。「君！」「待ちなさい！」雨の中、顔をこっちに向けた消防団員の怒声を聞く。それらの制止も、雨の音も、炎の音も、急に全部が一つの声に呑み込まれる瞬間がやってきた。

『こっちだ！』

よく知った声が、そう言った。

俺が、こんな目に遭ってるのは、全部キョウスケのせいだ。

キョウスケが俺の近所に住んでなければ。あいつが喘息《ぜんそく》なんかじゃなくて、休み時間や放課後に元気に校庭で遊ぶタイプだったら。

あいつのお母さんに昔、「うちの子をよろしく」なんて言われなければ。

小三の夏、みんなで神社で鬼ごっこをしていたら、キョウスケの家の方向から、急に知らない大人の人が走ってきた。親戚《しんせき》の人だったのかもしれない。真っ青な顔をして、遊ぶ俺たちに向かって叫ぶ。キョウスケ、お母さんが——。

俺たちはみんな、きょとんとしていた。

何が起きたかわからなかった。キョウスケの身体が凍りついたように止まった。ぽかんと上を向いたまま、唇も半分開いたまま。その人が駆け寄り、ヤツの腕を引く。だけど、キョウスケは動かなかった。こいつにも、きっと何が何だかわかってないんだろうと思った。

だけど、違った。

キョウスケの両目が大きく見開かれていく。口が開き、空気がヤツの喉《のど》に吸い込まれるところがはっきり見えた。俺は、人間が、しかも自分と同じ年のヤツがあんな風に顔を崩すところを初めて見た。さっきまで俺らと笑って遊んでたキョウスケの顔が、これ以上ないくらいに歪《ゆが》んでいく。その数秒が、とても長い時間に感じられた。

風船が割れたようにぱぁん、とキョウスケが泣き声を上げた。

その声に今度は俺が動けなくなった。

お母さん、お母さん、お母さん、お母さん。

声を聞いていると、身を引き裂かれるようだった。キョウスケはいつまでもやめなかった。お母さん、お母さん、お母さん、お母さん。

キョウスケのお母さんが、あんまり具合がよくなくて、入退院を繰り返してたことは、俺も知っていた。

やってきた大人の人は、何があったかははっきり言わなかった。ただ「お母さんが」って言っただけ。だけどその一言で、こんな風に簡単に破裂する。こいつ今まで、何をどんな気持ちで我慢して、毎日、覚悟してたのか。

気付くと俺は、走り出していた。キョウスケのそばに立ち、どうしていいかわからなくて、おろおろとうろたえた。奥歯を噛み締めて、ずるいよ、おばさん、と思った。うちのキョウスケをお願いね。

こんなところを見てしまったら、俺はもう本当にそうせざるをえないじゃないか。泣き続けるキョウスケの手に自分の手を添える。温かい涙。おばさんにもらったみかんの匂いと感触も、一緒になって手の中にふっと蘇った。

飛び込んだ小屋の中は、息をすれば、喉も肺も全部が一瞬で炎に持っていかれそうなほどの熱で充満していた。

壁が、障子が燃えている。目を開けていられなかった。ジジッ。ジジッ。ジジッ。

音の進む方向に、目を細め口を押さえたまま歩いていく。麻痺《まひ》したように視界のオレンジ色がすべて消え、真っ暗闇を歩くように研ぎ澄まされた緊張感を肌に感じる。

その中に、飛行機雲の軌跡のような白い光の筋を、確かに見たように思った。目を塞《ふさ》いでも、見失うことはない。

その先に、キョウスケがいた。その上で、白く発光する「見えない友達」が、覆いかぶさるようにして、ヤツの頭を抱いていた。「彼」を作ったのが俺だとするなら、俺が願ったこともそれなのだろうか。

ゆうちゃん、という呼びかけも、それに答える、よう、といういつもの声も、きちんと交《か》わせない。だけど、はっきり、俺たちは互いにその声を聞いたように思った。

彼が言う。

――楽しかった。シンジ、キョウスケ。

倒れていたキョウスケが、目を開けた。

俺たちは、キョウスケの手を片方ずつ摑《つか》み、歩き出した。白い光の軌道を辿《たど》り、炎が避けたその道を進む。外に出ると、急にキョウスケの身体が重く、腕にのしかかってきた。

「シンジ！」

クラスの男子たちの声がする。大丈夫か、大丈夫か、やかましい声が俺たちを囲む。大人たちが走ってくる足音、叫ぶ声——。

視線を横に向けると、さっきまでそこにいたはずのゆうちゃんの姿が消えていた。キョウスケの右手は、まだ誰かの腕を掴んだ形のままだけど、中は空っぽで何もない。それを見て、ああ、と首を下に向ける。もう、会えないんだ。

「キョウスケ」

キョウスケが、ゆっくりとこっちに首を向ける。屋根がぐらりと揺れ、熱気にぼやけた空気の中で、冗談みたいに唐突に小屋が崩れ落ちる。俺は尋ねた。

「お前の、診療所でできた友達って——」

キョウスケが、目を見開いた。

俺たちの秘密基地が完全に倒壊する轟音《ごうおん》が、その場に響き渡った。空が、オレンジ色に燃えていた。

（十）

——あの日から、この夏で五年が経つ。あの年にもぐった蟬の幼虫たちも、そろそろ羽化を始める頃だ。

待ち合わせの診療所の前に立つと、夏の日差しのせいで目の前の駐車場のアスファルトが真っ白い色をして見えた。空からは、浴びせかけるように激しい蝉の声がしている。

ミーン、ミンミンミン。ジジジジ。ツクツクボーシ。

綿のような真っ白い雲が広がる青い色を背景に、丁度、眼鏡をかけた神経質そうな顔が坂道を登ってくるのが見えた。

「キョウスケ」

名前を呼んで、手を振り動かす。キョウスケは目を細め「よう」と手を振り返してきた。

あれから同じ中学に進学した俺たちは、だけど、今年それぞれ別の高校に進んだ。俺は麓《ふもと》の町にある商業高校に、サッカーのスポーツ推薦で合格。キョウスケは、ここからは車で二時間以上かかる、県内一の進学校に入学した。もちろん、ここからじゃ通えない。キョウスケが寮生活に入ってしまってからは、会うのが難しくなっていた。

「久しぶりだね。シンジくん、背、また伸びた？」

「嫌味かよ。そういうお前はさらに伸びてるじゃんか」

横に並んで立つと、相変わらず、面白くなかった。小学生の頃は、まさか、こいつに背を越されてしまう日が来るなんて、夢にも思わなかった。

キョウスケはごまかすようにふっと笑った。そういう大人っぽい仕草は、昔、一夏だけ一緒に過ごした「彼」と似てるように見えた。

同じ町内にある建物だったけど、診療所の中に入るのは初めてだった。昔の先生に借りてきたという鍵《かぎ》で、キョウスケが入り口のガラス扉を押す。キィ、と軋《きし》んだ音がした。

診療所が封鎖されたのは、あの火事のすぐ後だった。もともと、決まっていたことだったらしい。医療提供体制の効率化、とかなんとかの事業のせいだ。大きい病院のある麓の町までバスを出すことが代わりの条件になったそうだけど、地域のお年寄りたちは最後まで随分反対していたらしいと、後で聞いた。

キョウスケも、確かそれから一年くらいは、麓の町までバスで通っていた。だけど、今はもう通院していない。キョウスケの子どもの頃からの喘息《ぜんそく》もまた、背が伸びていくとともに自然とよくなっていった。

診療所の建物は、そのまま残された。

二階は入院施設だったらしい。年月が経っても、部屋の位置を正確に覚えているのか、キョウスケが階段を上がり、一番奥の角部屋まで歩いていく。埃《ほこり》をかぶったベッドが一つ。

「ここだよ」

キョウスケが言った。

外で蟬が鳴いていた。木でできた窓枠を上にスライドさせると、外の空気を感じて急に涼しくなる。蟬の声がさらに大きくなった。

「ここが、病室だった」

キョウスケが説明する。

五年前のあの日、燃える小屋の前で「お前の診療所でできた友達って、『ゆうちゃん』なんじゃない？」と尋ねた時から、俺たちの間でこの話題は凍結していた。

答えに窮したキョウスケの顔が、真っ青になって震え出したからだ。それから慌てたように首を持ち上げ、きょろきょろと不安そうに辺りを見回す。何かを、誰かを捜すように。ゆうちゃんの姿がないことを確認し、それでも諦《あきら》めきれないように同じ動作を繰り返す。目が細くなる。瞼《まぶた》の間に、炎が反射して金色に光った涙が溜《た》まっていく。

それが頬の上を滑り落ちると同時に、キョウスケが「ゆうちゃん……。違う」と呟《つぶや》いた。

それ以上はもう、聞いてはいけない気がした。俺が今日ゆうちゃんを失ったように、こいつも何かを失ったのだと直感した。

「わかった」

熱気に水分を奪われた唇が、自然とそう答えていた。

蟬の声を聞く度に、だけど思い出し、考えた。あの夏はなんだったのか。自分を抜け殻であると語った、あの不思議なほど達観した少年は、どこの誰だったのか。

切実に登場を待ち続けた「見えない友達」。クラスメートたちにバカにされながら、俺は、自分一人だけが別のパラレルワールドの住人である、と感じていた。だけど、あの火事の日、小屋に飛び込んでキョウスケの顔を見た途端に気付いたのだ。

ゆうちゃんの登場を望んでいたのは、何も俺一人じゃなかったんじゃないか？

サッカーボールを蹴《け》りつけられる俺を、自分の痛みを受け止めるように見つめていた視線。誰か助けて、と叫んだ、あの声の主は誰だ？　クラスのヤツが、俺の話の嘘を見つけようと「ゆうちゃんは本当にいるの？」と尋ね、うまくごまかすことができずに、かといって本当のことも言えずに困っていたのは、誰だった？

神社の扉に止まった、羽化の途中のアブラゼミ。あんな時間に、ヤツは神社で何をしていたのだろう。

あの火事の日、秘密基地に向かう前、俺は本殿に続く扉を開けた。裏に願いごとを書いた紙を貼りつけ、その前で毎日祈ればそれが叶《かな》うという噂。今では誰もやらない、いい加減なおまじない。貼られていた紙は一枚きりだった。

『天変地異を起こしてください。』

キョウスケの丁寧な字。昔書いた俺の短冊と違って、きちんと漢字だ。

あの夏休み初めの時期は、俺がやけになって引きこもりをしていた頃だった。

そして気付いた。初めてゆうちゃんが登場した日、俺がサッカーのゴールを決めた後で、彼はキョウスケに向けて、唇の前で人差し指を立てた。俺が見てることに気付いて、すぐに指を横にすっと動かし、鼻をかいたように見せたけど、あれはひょっとして口止めのサインだったんじゃないのか？

しぃ、と囁《ささや》くように声にならぬ声を発する。信じられないものを見るように、キョウスケが唖然《あぜん》とした目で彼を見る。それから聞いた。ほんとに——。

あの聞き方は、どこかおかしかった。

──ほんとに、ゆうちゃんってことでいいの？

ゆうちゃんの特徴を、キョウスケはほとんどすべて、俺の隣で聞いていた。頭の中のイメージまでは覗《のぞ》きこめないかもしれない。だけど、逆に、口に出したことならすべて網羅してるはずだった。それを誰かに話すことだって可能だったはずだ。

でも、キョウスケには、俺以外の友達なんかいない。

秘密基地の裏手からした、重たい、二種類の咳《せき》。

そういえば、蟬の羽化を見た帰り道、キョウスケが言っていた。

夏休みに入ってから、本当はちょっと、落ち込んでたんだ。友達が元気なくて。


「本当は、中学生だったんだよ」

語り出したキョウスケの声は、落ち着き払っていた。昨夜、「そろそろ、全部話せると思う」と、俺に電話してきた時と同じように。

「これまで、自分の中でも整理がうまくつかなかったんだ。あの時は、とにかく本当に混乱してた。今なら、まだわからないところも多いけど、もう話せると思う」

「中学何年？　いつからここにいたの？」

「三年。あの時の俺たちの四つ上。診療所なんて、普通の人は来ないから知らないだろうけど、一年以上ここに入院してたんだ。空気のいい場所で療養するために」

どうりで背が高かった、と思い出す。俺を庇《かば》うように目の前に立った背中、オレンジ色のスニーカー。四つ上にしては、小さい方だったのだろうか。だけど、俺にはあの背中はとても頼もしく大きいものに感じられた。

「診療所に通ってるうちに、偶然友達になってさ。もともと住んでた場所とここが遠いせいで、友達も滅多にお見舞いに来ないみたいだった。年の近い相手と話したかったんだと思う。俺の話を、いつもすごく楽しそうに聞いてた。俺の話って、それってつまりシンジくんの話ってことだけど」

「――ああ」

正確には、俺と「ゆうちゃん」の話であるはずだった。見えない価値にぶら下がる危うい綱渡りの嘘を、こいつはきっと心配して、心を痛めて聞いていたのだろう。

「俺たちが仲間外れにされた話なんかすると、自分のことみたいに怒ってたな。なんだ、そんなヤツら、俺がしめてやるって。――一度、一緒に会いに行こうって俺が誘ったの、覚えてる？」

「覚えてる」

つまらない意地を張って断ってしまった。キョウスケがベッドを見つめた。まるでそこに、今も誰かがいるかのように。

「シンジくんと、サッカーやりたがってた。具合が悪くなるまでは、本当にサッカー部だったんだって」

「あのパスは正確だった」

感謝してる。あんなのは、どんな試合でも今のところもらったことがない。本当に嬉《うれ》しかった。

キョウスケが「そう」と笑った。そこに浮かぶ悲しげな光を見て、本題が近付いたことを知る。

「一つ、聞いていいか」

キョウスケが顔を上げた。思いきって尋ねる。

「あの時、『ゆうちゃん』は生きていたのか」

今度はすぐには、答えが返ってこなかった。唇を閉ざしたまま、キョウスケは黙っていた。俺は続けた。

「今でも不思議に思うんだ」

「――蟬の羽化を見たの、覚えてる？」

やがて、キョウスケが語った話は、長いものではなかった。

あの日、キョウスケが神社に行ったのは、二つの願いごとのためだったのだそうだ。一つは、親友の吐いた嘘がどうか現実になりますように、と祈るため。もう一つは、自分のもう一人の親友の、急変した容態の回復を祈るためだった。

病室でキョウスケが知り合った彼は、最初に会った時はもう、満足に立つことさえ難しい状態だったらしい。俺もお前らと遊びたい、と俺とキョウスケをよく羨《うらや》ましがっていた。

小さな山の上の診療所では、急な症状の悪化に対応できず、彼は遠く離れた県内の大学病院に転院することになった。キョウスケとは、別れの挨拶《あいさつ》をすることもできなかった。大学病院に移った後、彼はどうなったのか。キョウスケは、教えてくれなかった。

『天変地異を起こしてください』

あの時願ったキョウスケの「天変地異」は、誰に対するどんな奇跡を期待するものだったのだろう。——そして、俺たちの前に「ゆうちゃん」は現れた。

『そういえばさ、キョウスケに、この間聞かれたんだ』

『ずっとここにいてくれるかって』

ま、無理だよな、と言った彼の口調が翳《かげ》りなんか何もない明るいものだったこと。思い出すと、口が利けなくなる。

見えない友達は抜け殻だと語った。俺の背中を押すように。

『いくら目に見えても、触れるようになっても、そんなの所詮《しょせん》ただの抜け殻だ。――中身の入ってるヤツらと、もっとちゃんと付き合わなきゃダメだ』

燃えさかる小屋から、キョウスケを助け出した後。消えてしまったゆうちゃんを思って、俺は、もう二度と会えない、と何故かわかった。

それと同時に、キョウスケが辺りに彼の姿を捜し、必死になって首を振る。『ゆうちゃん……。違う』受け入れることを拒否するように呟《つぶや》き、涙を流した。声に出さなくても、失われたものが共通してることがわかった。

地面に落ちた蝉の死骸《しがい》を見つめたゆうちゃんの目には、何がどんな風に見えていたのだろう。あの時の彼の年を自分たちが今年追い越したこと。キョウスケが、話すタイミングに今年を選んだことと、それは無関係であるようには思えなかった。

診療所を出る前に、キョウスケが「ゆうちゃん」と撮ったという一枚きりの写真を見せてくれた。教えてもらった名前は、「ゆうま」でも「ゆうじ」でもなかった。

外に出て元通り鍵《かぎ》をかける時、意地の悪い質問をされた。

「今でも、見えない友達はいる？」

「いねぇよ」

昔のデリケートなタブーをあっさり破る。こいつ、本当に逞《たくま》しくなった。「今度、試合観にこいよ」悔しいから言った。「もう、昔みたいにハラハラさせないから」

俺の部活仲間は、勉強なんか嫌いで、サッカーと女のことしか考えてないようなのが大半だけど、きっとキョウスケなら、ヤツらともうまく話せるだろう。

空を仰ぐと、小細工なしの青空が広がっていた。無理してオレンジ色なんか塗ることもない快晴。

蝉が「ジジッ」と鳴くと同時に、声をまた聞いた気がした。

『――楽しかった。シンジ、キョウスケ』

俺もだ、ゆうちゃん。

# あとがき

私の生まれ育った家の向かいに、小さな神社がありました。ひのき林に囲まれ、秋に彼岸花が咲き誇るその神社は、鬼ごっこ、だるまさんが転んだ、好きな人の教え合いっこ等々、私にとって、数々の思い出と結びついた場所です。

かくれんぼの時、お神輿《みこし》がしまわれた社の中に入ったことがありました。大人から絶対に入ってはいけないときつく言われていたそこに隠れることは、いわば禁忌で、仲間内では完全なるルール違反でした。もちろん、誰も探しに来ません。ドキドキしながら一人で座り込んでいると、扉の隙間から、私を探すみんなの姿が見えました。みんな、私が「消えてしまった」と話し合っている。急に、困惑と不安に襲われました。「あっち側」に戻りたいけど、素直に出て行けない。——そのかくれんぼの終わりがどうなったのか、よく覚えていません。

『ふちなしのかがみ』。

現実と鏡の境界、真実と夢の境目を失い、ふとしたことで「こちら側」にしみ出してくる世界の存在を感じるのが、大好きです。この本の中の小説を書くのは、どれも、幼い日のかくれんぼでこっそり息を詰めていた時のあの感じとよく似ていました。都市伝説、コックリさん、おまじないや占い。幼い頃に遊んだ気がする、見えない友達。

小学生の頃、大人たちから、「そんな怖いものばかり読むんじゃありません」と何度注意されたかわかりません。だけど、それでよかったと感謝しています。見てはいけない、振り返ってはいけないと禁じられた甘いお菓子を食べることほど、楽しいことはありません。おかげで私は人一倍、それらに強く惹《ひ》かれる子供になっていきました。そうやって読んだ本のことは、一つ残らず、鮮明に記憶しています。

これを読んでくださっているあなたが、できれば今、後ろめたい気持ちでありますように。

読んだら、夜きっと思い出してトイレにいけなくなってしまう。明日《あした》も早いんだからもう寝ないと。勉強もせずに読書しているとお母さんに怒られる。

そんな「いけないこと」を抱えながら、それでもやめられずに最後まで読み上げてもらえるのが、私が思う、理想の読書のかたちです。

自分の小説がそういう本の仲間入りができるよう、今日も明日も書いていたいと思います。

読んでいただき、ありがとうございました。

辻村深月

# 解説

北山猛邦（作家）

辻村さんの作品の魅力といえば、物語のカタルシスがミステリの技法に基づいて導かれるところにある。カタルシスとは、わかりやすくいえば〝胸がすっとするような感覚〟のことを指すが、辻村作品の場合は〝曇り空から射す光〟にたとえられるだろうか。曇天にも似た心模様の主人公たちにも、やがて光の射す時がくる。それは思いがけず生じた雲の切れ間から、ふいに零《こぼ》れるほんの一筋の光だ。たとえ遠く、淡い光でも、読者はきっとそれに救いを見出《みいだ》すだろう。

そしてその光は、陽光とは限らない。月光かもしれない。辻村さんは由緒正しいミステリの技法によって光の色を魔法のように変えることができる。辻村さんのファンならすでに体験済みだろう。本来なら「だまされた！」と読者にいわせるための技法を、そんな魔法のために使っている。この魔法によってカタルシスはより美しく、より強調される。これはミステリの進化の一つだ。辻村さんの作品は文学として、あるいは青春群像として評価されているが、その根底にはミステリへの愛着と、造詣《ぞうけい》の深さがあることを忘れてはならない。

さて、ここにもう一つ、辻村さんの作品を語るうえで外せない要素がある。

それがホラーだ。

本書『ふちなしのかがみ』について雑誌『きらら』で行われたインタビューでは、幼少時からホラー作品に親しんできたことが語られている。本に限らず映画から怪談まで、ホラーをエンターテインメントとして楽しんできた過去があるようだ。

振り返ってみれば、デビュー作である『冷たい校舎の時は止まる』も、時の止まった校舎にクラスメイトたちが閉じ込められて一人一人いなくなっていくという物語であり、あらすじの編集次第ではホラーとして紹介することもできそうだ。作中でも、ホラー映画のような印象的なシーンが立て続けに起こる。デビュー作からして、堂々としたホラー要素が詰め込まれていたといえるのではないだろうか。

ただしそれ以降の作品に、ホラーとしての側面を見出すことは牽強付会《けんきょうふかい》が過ぎるかもしれない。二作目の『子どもたちは夜と遊ぶ』では童謡殺人が描かれ、トラウマになりそうな殺人風景もあるが、これはホラーというよりもミステリの系譜に連なる傑作であると、あえて主張したい。あるいは『鍵のない夢を見る』における幾つかの短編では、切迫した主人公たちの心理に、ある種の恐怖を覚えるかもしれないが、ホラーとして捉《とら》えるのは強引だろう。

しかし本書『ふちなしのかがみ』に収録された短編を読めば、辻村さんの作家としての原風景に、ホラーがあることがわかるはずだ。本書には五つの恐怖が描かれている。それもただの恐怖ではない。辻村さんの場合、暗闇に恐怖を感じながらも、そこに何があるのか目を凝らして見つめているかのような冷静さがみられる。暗闇の中にいる、得体の知れない〝それ〟の輪郭を探すような……

いずれの短編も『ふちなしのかがみ』という表題作のタイトルが示す通り、こちら側とあちら側を隔てる『縁(＝境界)』がおぼろげになってしまった人々を巡るストーリーだ。このタイトルは、本書のテーマを象徴的に表す単語の唯一無二の組み合わせだと思う。

『踊り場の花子』と『ブランコをこぐ足』の二編は小学校が舞台になっている。学校には怪談がよく似合う。おそらく誰しもが小さい頃、夕闇に沈む校舎の薄暗い廊下に、おばけの存在を感じたことがあるだろう。『踊り場の花子』は、そんな怪談調の物語。ただし主役は大人だ。本来、子供たちの領域である〝学校の怪談〟に、もしも大人が足を踏み入れてしまったら？

作中で提示される〝花子さん〟のルールは、『縁（＝境界）』を取り払うための儀式的な過程といえる。それは同時に物語の重要なポイントとなっており、技巧が凝らされている。

一方、『ブランコをこぐ足』は、学校の子供たちだけで物語が進行する。辻村さんの幾つかの作品では、スクール・カーストともいえる『学級内序列』を背景にしたものがあるが、さらに特徴として、その上下どちらの視点にも踏み込む点があげられる。それぞれの立場の子に、屈《かが》み込んで目線を合わせて話を聞いているような構図だ。本編でもそういった手法によって、子供たちの間で何が行われていたのか、徐々に明かされていく。

本編においてブランコは象徴的な役割を担う。ブランコの振り子運動は、こちら側とあちら側を行き来する様子を表しているようでもある。すなわち『縁（＝境界）』を超越するものだ。しかしブランコには単なる振り子とは違う点が一つある。タイトルに示されている『ブランコをこぐ足』によく注目して一読することをお勧めしたい。

『おとうさん、したいがあるよ』は、成人を迎えた私が、認知症となった祖母の家で不思議な体験をする物語だ。この短編小説は、あらゆる辻村作品の中でも、とりわけ異彩を放っているといっていい。作中に登場する一つ一つの要素を取り上げるとかなり恐ろしく不気味なのだが、文脈に従って整理されると、悪い冗談のような、あるいはスラップスティックのような物語に見えてくる。

この物語には、ありふれた風景に、ありえないものと、ありえないことがちりばめられている。これはシュールレアリスムの技法に通じるものがあり、キリコやマグリットの絵画のように、見る者に形容し難い不安を覚えさせる。たとえば冒頭で描かれている犬小屋の死体にそれが顕著だが、他にも終始姿の見えない祖父の畳に伸びた影や、日めくりカレンダーのささいな異変などにも、何処か非現実めいた、圧倒的な現実が提示されている。

遠く離れた故郷というのは、もはや『縁（＝境界）』の向こう側といえるかもしれない。しかし子供から大人になる主人公にとっては、その縁の輪郭はおぼろげだった。本編で描かれているのは、そんな曖昧《あいまい》な『ふちなし』の世界を、主人公があらためて『縁取る』儀式だったといえるのではないだろうか。

表題作になっている『ふちなしのかがみ』は、ある条件を満たすことで鏡に未来が映るという都市伝説をモチーフにした物語だ。作中における鏡の役割や、底冷えするような恐怖感、そして物語の構成に、辻村さんにしか書けない絶妙さがある。『ミステリ作家がホラーに挑戦した傑作』として紹介しても、けっしていい過ぎではないはずだ。

『八月の天変地異』は本文冒頭に書いたような、辻村さんの魅力に溢《あふ》れる作品。この作品も小学生が主人公だが、彼らは『みそっかす』であり、主に学校の外で物語が展開する。彼らの新しい友人『ゆうちゃん』は、なんでもできるヒーローのような子だ。とにかく彼はかっこいい。彼の秘密を巡って物語は収束していくが、本書におけるこれまでの作品とは違った余韻を味わうことができるだろう。

これまで辻村さんの作品がホラーとして語られたことはなかったと思われるが、これからはわからない。少なくとも本書『ふちなしのかがみ』には、その趣味と才能が発揮されているし、今後、辻村深月という作家を研究する際には重要な要素の一つになるかもしれない。ともあれ本書は、これまでのファンにとっても、初めての読者諸氏においても、辻村さんの新鮮な才能を知ることができると同時に、辻村さんらしさを堪能《たんのう》できる一冊になっている。

本書は二〇〇九年六月、小社より刊行された
単行本を文庫化したものです。

# ふちなしのかがみ

辻《つじ》村《むら》深《み》月《づき》

平成24年 6月25日 初版発行
令和6年 8月25日 13版発行

発行者●山下直久

発行●株式会社KADOKAWA
〒102-8177 東京都千代田区富士見2-13-3
電話 0570-002-301（ナビダイヤル）

角川文庫 17453

印刷所●株式会社KADOKAWA
製本所●株式会社KADOKAWA

表紙画●和田三造



●お問い合わせ
https://www.kadokawa.co.jp/（「お問い合わせ」へお進みください）
※内容によっては、お答えできない場合があります。
※サポートは日本国内のみとさせていただきます。
※Japanese text only


ISBN978-4-04-100326-8 C0193

JASRAC 出 1203641-413

◆◇◇

# 角川文庫発刊に際して

角川源義

第二次世界大戦の敗北は、軍事力の敗北であった以上に、私たちの若い文化力の敗退であった。私たちの文化が戦争に対して如何に無力であり、単なるあだ花に過ぎなかったかを、私たちは身を以て体験し痛感した。西洋近代文化の摂取にとって、明治以後八十年の歳月は決して短かすぎたとは言えない。にもかかわらず、近代文化の伝統を確立し、自由な批判と柔軟な良識に富む文化層として自らを形成することに私たちは失敗して来た。そしてこれは、各層への文化の普及滲透を任務とする出版人の責任でもあった。

一九四五年以来、私たちは再び振出しに戻り、第一歩から踏み出すことを余儀なくされた。これは大きな不幸ではあるが、反面、これまでの混沌・未熟・歪曲の中にあった我が国の文化に秩序と確たる基礎を齎らすためには絶好の機会でもある。角川書店は、このような祖国の文化的危機にあたり、微力をも顧みず再建の礎石たるべき抱負と決意とをもって出発したが、ここに創立以来の念願を果すべく角川文庫を発刊する。これまで刊行されたあらゆる全集叢書文庫類の長所と短所とを検討し、古今東西の不朽の典籍を、良心的編集のもとに、廉価に、そして書架にふさわしい美本として、多くのひとびとに提供しようとする。しかし私たちは徒らに百科全書的な知識のジレッタントを作ることを目的とせず、あくまで祖国の文化に秩序と再建への道を示し、この文庫を角川書店の栄ある事業として、今後永久に継続発展せしめ、学芸と教養との殿堂として大成せんことを期したい。多くの読書子の愛情ある忠言と支持とによって、この希望と抱負とを完遂せしめられんことを願う。

一九四九年五月三日